KB050901

다시없을 말

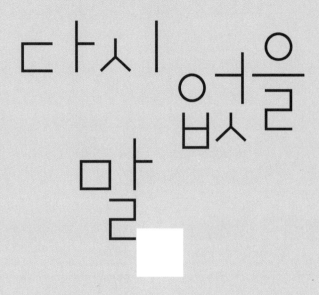

다시 없을
말

시인수첩 시인선 028

김윤이 시집

문학수첩

책 읽다 부끄러운 김에 덮었어

취재 논문 쓰는 딸과 엄마의 짧은 대화였지

술집 아가씨들 머리를 해 주며 미장원을 꾸려 가는 엄마에
관한 내용이었는데

성매매 지역에서 생계 꾸리는 방식으로

딸자식 키우려 성 파는 아가씨들을 고객 삼았던 어머니

"엄마 그거 알아? 내 논문에서 엄마는 성매매를 조장하는
먹이 사슬이야."*

뜬금없이 엄마를 훈시하던 딸의 말씨

하참, 너무도 곤혹스럽게 나도 있었지


햇수 석삼년

대놓고 단골로 와 주는 술집 언니들로 미래를 꿈꿨지

그 학비 모아 학업 이었고

구조적 메커니즘 운운하며 논문을 적네

구조적 메커니즘이 형성되기까지 내 다큐멘터리 보고서에는

꼭지 광고로 기부금 내던 사장도 있고

쥐꼬리 임금을 단발하듯 떼인 날 있고

과년한 딸뻘 박색 마담, 언니뻘 새끼 마담,
이모뻘 노녀들 꿈도 한데 모여 살았는데
나는 어떤 다른 곳을 꿈꿨기 때문에
책에서 잡아 올린 앎으로 꿈꿨기에
지금 여기서 글을 적는 나이기에
말이지 더 무얼 적어야 해? 엄마

엄만 늘 직장은
때려치우지 말고 오래 붙어 있어야 한다 했는데
엄마나 나나 이 악물고 오지게 바동거렸어도
하세월 노동력 착취당한 사람
이젠 내가 인용한 지식의 훈시를 귀띔해 주려나
어린 시절 여성 운동가나
씩씩하고 똑똑한 수녀 되라, 부탁했다는 미장원 엄마
보나 마나 허구한 날 노령의 허리병 앓으며
후카시로 예쁜 머리 올려놓는 솜씨 능숙했을 것이다

좌중 향해 나아가는 시민운동가 거저 키워 냈겠나

꼭짓점 마지막까지 거꾸로 빗어 넣던 후카시
나는 머리 질끈 묶는 성을 마저 적는다
흰 바탕 책아, 낱장 떼지 말고 오래 붙어 있자
끝이여 이쯤에는
나풀대는 리본으로 오고 있는가

김윤이

* 막달레나의 집 엮음, 『용감한 여성들, 늑대를 타고 달리는』, 삼인, 2002.

| 차 례 |

시인의 말 · 5


# 1부

사랑의 블랙홀 · 17

다시없을 말—H에게 · 19

사랑의 묘 · 22

오전의 버스 · 25

내 여자 · 26

파국 · 28

꽃만두 치읓 · 30

영통 · 32

밥풀 · 34

여자, 유리디체 · 36

바닷가, 무인 잡화상 · 38

옛사랑이 · 40

통하다 · 42

키싱구라미 · 43

도마뱀 · 46

배꼽 · 48

이빨의 규칙 · 50

# 2부

레테와 므네모시네 · 53

과거 외전(外傳) · 55

사랑의 아랑후에스 · 58

42 · 60

증강현실 · 62

이유는 없다 · 64

풍경에서 헤매다 · 66

페퍼라이트 · 68

경, · 70

설어 · 72

침칠 · 74

우유 따르는 여자와 큐피드 · 76

발견 · 79

바다에 쓰다 · 82

한낮의 여인 · 85

루틴 · 88

# 3부

파리지옥 · 93

망 · 95

점심밥(點心一) · 96

중반 · 98

수박 트럭을 돌아 나오며 · 100

껌 · 102

희(姬) · 104

사랑받지 못한 잠자리 · 106

나를 지불하다 · 108

장한 일 · 110

허스토리—장미나무 붉은 묵주 · 112

이(齒) · 114

경(經) 읽는 방 · 116

피 빼는 여자 · 118

물이 눈으로 변할 때 사랑의 위험한 이쪽이 탄생한다 · 120

아버지의 일리아스와 오디세이아 · 123

달걀은 달걀로 갚으렴 · 128

# 4부

여자는 촉촉하니 살아 있다 · 133

공용 코인워시 24 빨래터 · 135

나의 처녀막 · 138

아가씨들 · 140

돌고래 · 143

메이커 티 · 146

혼종 · 148

코기토(cogito)—미라 산모 · 150

상한(傷寒) · 152

파랑을 건너다 · 154

페티시(fetish) · 156

사이프러스식 사랑 · 158

새 폴더 · 160


**해설 | 이찬(문학평론가)**
샤먼의 고고학, 사랑의 천수관세음 · 163

1부

# 사랑의 블랙홀

앵글에 자신이 맞춰지는 줄 모르고 누가 이토록 짧은
생애 얘기하지
　잠시 왔다 가는 세상이라고 누가 매번 생에 대해 말하지
　TV 기상 통보관 필 코너스가 성촉절(聖燭節) 취재로 간
　펑추니아 마을에서 똑같은 어제가 반복된다는 영화
　인생을 간직한, 〈사랑의 블랙홀〉
　2월 2일에 북미산 다람쥐 마못이 자기 그림자를 보면
　겨울이 6주 길어진다는 성촉절에 얽힌 전설,
　나는 블랙홀을 몇 번이고 돌려 보았지 그러던 어느 해
　영상에 발 디딘 듯 그해 겨울 폭설로 덮인 마을,
　겨우내 머무를 이유가 충분했겠지
　사람들은 내 밖에서 조용히 엿듣듯 지나가고
　나는 풀과 가축들 냄새를 맡으며 장면처럼 흔들리고
　운명은 날마다 공중제비를 해
　윤회하는 인생이 날 사랑에 빠뜨리겠네
　다람쥐 쳇바퀴 삶은 어디에 멈춰 있는가, 정오의 태양
으로
　눈 깜박여대는 나는, 조상과 태어날 후손이 섞이려고

현재에 잠시 머무르는 영혼이겠네

아아, 밤이면 불빛 그림자도 얼씬거리지 않는 궁벽진
곳에서

나는 이웃 마을 성실한 청년에게 마음을 빼앗기겠네

연무가 길손으로 머무는 산 밑, 겨울이

지난해보다 길어진다는 라디오를 듣는 마을,

한파 특보는 딸랑 맨몸인 그림자를 둘의 모습으로 바
꾸겠네

밤새도록 퍼붓는 함박눈에 갇혀 우리는 마냥 좋겠네

서로의 깊게 파인 주름을 손꼽아 기다리는 세상에서

시곗바늘도 늙은, 한가로운 세상을 볼 수 있겠네

# 다시없을 말
−H에게

　그대여, 두 번 다시… 당신을 느낄 수 없을 테니 천천히… 써 내려가야 합니다… 날 저물도록 나를 배회한 곤혹스런… 방황만 맴돌지라도 마음을 숨겨 두었을 사랑 참, 어지간합니다… 청춘은 간곳없고… 초라한 편지가 제 모습입니다만… 대낮의 정사처럼 심장이 멎어도… 고생깨나 하였던 나 감출 수 있어요… 이제부터 햇수로 수 년 늙혀 버린 제 사랑은… 이(李) 혹은 임(林)일지도 모를 비존칭이 될 겁니다… 겉봉으로 제가 비치는 듯하나… 구깃구깃 숨겨 둔 제게서 눈 돌려 버립니다… 흰 거 희다 않고 글 검다 않으며… 망자의 삶처럼 감출 수 있어요… 먼젓번은 당신이 살구꽃 핀 야산에 가 종적 묘연한… 절 찾을까 싶어… 꽃 누른 압지에 뜨거이 근황을 써 내려갔네요… 열두 자는 실히… 되어 보이는 꽃나무를 타고… 가운뎃손가락으로 집은 꽃의 음핵마저… 바람 편에 보내드렸습니다… 꽃바람 다하도록 불었으니… 아무리 멀더라도… 편지는 계신 곳을 잘 찾아냈을 겁니다… 한편으론… 한줄기 등불인 사랑을 숨지게 하고도… 날 잡아잡수 하는 속죄의 철면피입니다만… 한편으론…

범행을 저지른… 죗값으로 가쁜 호흡입니다…

내려앉고… 다시 올라가는 하늘의 형상은 무엇입니까… 사랑은요, 대체 무엇입니까… 한 손엔 편지를… 말끄러미 들여다보다, 뜬금없는 제 질문으로… 둘러싸인 꽃덤불에서 멈춰 서셨습니까… 답신은 도착했으리라 생각합니다… 꽃에 오예(汚穢)가 끼었다… 마시고, 살펴 주십시오…

구시월 어느쯤엔가… 한 선생님이 어려운 건 없느냐 물으셨습니다… 지금껏 내 생에 없던 말이… 온통 절 휘저어 깡그리 제가 파헤쳐져… 그리하여 생각에 말이 얹히고, 어려움을 되뇌다… 멈췄습니다… 생각의 계단을 한 발 한 발 내딛을 때… 돌같이 굳힌 잊겠단 다짐이… 실상은 툭 치면 분질러질… 울음보였단 걸 알았습니다… 당신이 절 못 잊고 살면 어쩌는가 싶은 기우로… 전 꿈의 세상을 뒤집어썼단 걸 알았습니다… 꽃밭의 잔해들처럼 불도저로 밀린 공터가 보입니다… 도통 뭣도 없는 천지 사방이 보입니다… 어려운 건 없느냐… 왜 누가 마음을 콕 찔러 물었을까… 그 약이 약발로 쓰고 역해서…

쉬 넘기지 못합니다… 두 뺨만큼은 티 내지 않으려 했는
데… 억척 떤 제가 눈에 밟혀 애써 물어 주는 말… 어려
운 건 없느냐에 두엄밭처럼 어둡습니다… 그곳에서… 어
려운 일은 없으십니까… 제 분으로 생을 사는 참 가엾고
못난 저여서… 침을 삼키고 속에 숨겼을 법한… 말을 다
시 가둡니다… 당신,

# 사랑의 묘

숲에 들자, 남자들만 묻힌 곳이 나타났다

설마 했더니 내시묘역길이다 의지가지없는 몸을 의탁
한 곳 같기도 각자 쓰는 침실 같기도 하다

흰 뼛가루처럼 송홧가루 날린다

괜스레 심상해져 다리 힘이 풀린다 거세당한 여자 역
사 없지 싶지만 금세 궁녀, 열녀가 떠오른다

인간은 때로 그 어떤 악보다도 잔인하다는 생각을 할
때 울음 고운 새가 날아오른다


어둑한 묘지에서 돌아온 그때부터 웬일인지 몸이 좋지
않다

듣기만 했던 인간의 오르가슴이 머릿속에서 떠나지 않
는다

은총은 아니어도 축복받은 정도는 될 성싶다

아이를 낳을 때 죽을 힘을 다해서인가 여자는 오르가
슴을 느낀다는데,

음탕한 소리도 까무러치는 오버도 아닌 왠지 잃어버린
사무침, 그런 애수가 오르가슴이란 말에 드리운다

때마침 그런 영화도 기억난다

과학자인 남자가 실험 도중 소인이 되어 버려 애인을 사랑해 줄 수가 없게 되자 음부 속으로 온몸 밀어 넣던 영화

소인 남자가 애인의 봉긋한 양 젖가슴을 험준한 산처럼 힘겹게 오르다 운두 낮은 곳으로 미끄러지는 살 떨리던 장면

평소처럼 자기 체중이 무거울까 봐 신경 쓰지 않아도 되는 남자

팽창시킨 알몸으로 들어가 함께 달게 자던 신(scene)


그때부터 되씹고 있다

오르가슴이란 말에 인도되어 사랑하면 물색없이 떠오르는 봉긋한 묘

겨우 몸 닿는 것이 아닌, 남아도는 시간 없는 몸의 끝

사랑 이후 죽음까지 훤히 보여 주는 결말

전속력으로 부서지는 숨!

점잖고 음전하지 않는, 폭발하듯 단도직입적으로 듣는
네 목소리
　오롯이 담긴 속살 빛 숨결이 얼마나 아름다운지

# 오전의 버스

빛이 왔다. 열 시 무렵 버스 창에 너울대는 형태로. 추돌 사고로 정체된 도로에서 연좌 농성 중인 차창들 빛을 나눠 가지네. 눈 뜨기 힘드네. 도로 복판에 돌멩이처럼 박혀 있는 우리. 국경 넘는 난민들 같네. 가고자 하는 마음을 뒷전으로 미룰 때에야 흘러간 길로 들어갈 수 있네. 남자가 버릴 때 직장이 버릴 때 그 짧은 순간엔 어디서나 뽀얗게 먼지를 뒤집어쓴 햇빛이 두 눈 덮쳤네. 시간아, 언제나 열패의 아뜩함을 주었지. 캄캄한 절망을 열(列)이라 부르던가. 낙오가 낙오를 거듭하였네. 한시바삐 시간을 돌리는 크로노스여, 나 행여나 하는 마음으로 사랑을 찾았으나 또 얼마나 떨쳐 버리려 했던가.

지구별 통로가 탈난 모양이네. 사랑의 여정도 병목일런가. 날더러 생고역쯤에서 기다리라네. 지구는 눈금판 시계처럼 둥글어라. 차량은 떠날 차비로 바빴어라. 환생이 주어진대도 나 이제 속 뜨건 사람이고 싶진 않어. 험로를 뚫고 제일로 빠르게 일차선이 풀리네. 억지로 차량들 빠져나가네. 어쩌나. 네 생각을 기어코 떨치고 가네.

# 내 여자

당신은, 수수한 여자 같아요. 독감으로 몸져누운 날,
고열인 상태로 속삭임 들었습니다. 비몽사몽간 말허리
잘린 듯한 옛말이 뭔 뜻인가 싶었습니다. 잘해 봐야 사
려 깊은 그의 인사말일 뿐이었고 그 말이 내 여자란 말
은 아니었건만, 제멋대로 사랑의 암시인가 하였습니다.
전화하면 문병을 올까, 나는 나에게 쉼 없이 감추기를
강요하였겠지만 어느 쯤엔가는 들켜도 모른다 했겠지요.
저절로 생리 묻은 팬티인 듯 속옷을 갈아입고, 땀 식히
고, 하루 일과를 정리하며 여름부터 기르는 수생 수국의
물을 갈아 주었습니다. 그새 뿌리는 허송세월 없다는 듯
사방으로 뻗었지요. 그에게 보여 주려던 화분인데 보는
이 없이 산홋빛 꽃만 커졌기에 그럴 바에야 다음 해에나
꽃 보자 결론짓고, 꽃숭어리 분질러 꽂았던 겁니다.

기다림도 어느덧 수국 같아서 내 몸집보다 화려하게
피어 있었습니다. 뚝! 반절로 꺾어야 하는 거였습니다.
그래야 해 넘겨서까지 꽃 볼 수 있는 거였습니다. 온종일
소복처럼 간소한 차림으로 기다리자니 어쩐지 애처로운

모양새 같았습니다만, 마음 준 내 여자, 여자를 나는 올
해도 홀가분히 내려놓진 못했습니다.

# 파국

파초 잎에 비긋네 무슨 대수로운 일이라도 났나 골목
이 시끄러웠지
혼이불 오천 원! 혼이불 오천 원! 여름 지나는 골목 트
럭이 홑이불을 떨이로 파느라 분주하였네

나 늦여름 빗소리에 잠 깨어 들은 얘기는 지귀(志鬼)
설화였는데, 지귀는 뜻을 품은 귀신이라지
무어에 홀린 듯 비만 오면 혼이라는 소리에 홀리네

천민이었던 지귀가 선덕여왕을 사모했다는 얘기
불공 드리는 왕을 기다리다 탑 밑에서 잠들었다는, 사
모의 마음으로 심화(心火)가 일어 탑마저 불태웠다는 그
얘기
『삼국유사』에 나온 얘긴 줄도 모르고 살다가 어느 날
알게 된 홑이불을 혼이불로 듣게 한 얘기였던가

여름비를 사재기한 파초 잎사귀 하루에도 열두 번 뒤
척이네

잠시 들여다본 저 너머 꿈으로 사무치네

사랑도 생년월일시 여덟 글자 팔자(八字)던가 천민의
사랑이 저를 향한 파국이 됐겠지 그네 사랑은 한 철로
명운이 짧은가

혼곤한 귀에 흘러든 사모의 파국, 나 홑이불 한 장 덩
그러니 놓인 마룻장에서 들었을 터인데

그때 마음 편히 누가 들려주었을 터인데 그도 이제는
편치만은 않을 터인데

# 꽃만두 치읓

당신과 나 사이를 좁히려고 꽃만두를 시킨 적 있습니다.

왜 꽃만두라니요. 나는 그대가 올 동안 머리를 박고 발소리 들었습니다. 내가 너무 초라하니까 예쁘고 화사한 것으로 시키고자 하였습니다. 소담스럽게 담아내고 싶었습니다. 종지에 간장을 붓고요. 사람이 사람에게 포개지듯 모나지 않고 가팔라지지 않는 것으로 둥글고 물렁하여 따뜻한 살 같은 것으로 함께하고자 하였습니다. 기다리는 시간이 식욕을 북돋고 나 따뜻함과 같아지려는 심산으로 만두가 되어 가면서 손 시리게 창가에서 만두 빚는 이를 보았습니다. 옆 테이블에선 날 쳐다보기에 숨 읍하는 찜기처럼 표정을 덮었습니다. 배고파했던 시간보다 숨는 마음이 급했습니다. 도시 무엇이 탈나신 듯 그대는 오지 않고 사무치도록 함께하고팠던 만두는 식었습니다. 연신 쪄대는 가게에선 속깨나 태운 살내가 나, 한정 없이 만두를 우물거렸습니다. 청산할 수 없는 생각만으로, 내가 사랑해 줄게, 내가 사랑해 줄게⋯

첫 입맞춤처럼 살포시 눈이 나리고 몇 번이고 몇 번이고 만두를 먹으면서 나는 또 초라한 꽃을 보았습니다. 콧마루가 시큰하나, 모두 마음의 일일 뿐 변한 것은 없습니다.

# 영통

동생이 신접살림 차린 도시,

집들이 선물을 들고 분당선 역을 나오다 읽게 된 영통
(靈通). 훈 모르면 쓸모없는 한자, 영통(靈通)역. 영혼(靈)
이 통(通)하다. 신혼 생활 이야기를 듣는데도 단어가 머
릿속을 짓누른다.

그건 아니지 않소? 당나라 이야기에 이혼기(離婚記)가
있소. 왕주와 천랑이라는 남녀가 사랑했소. 한데, 아버
지가 딸을 혼인시키려고 했답니다. 그건 아니지 않소. 왕
주는 실의에 잠겨 먼 데로 떠났는데 바닷가로 천랑이 찾
아왔더랍니다. 그래서 외지에서 부부가 되었고. 세월 지
나 고향 그리워지자 그들은 형주로 돌아갔소. 남편은 장
인을 먼저 찾아가 떠난 일을 용서해 달라 했소. 그런데
장인 왈, 딸은 왕주가 떠난 뒤부터 병자로 누워 깨어난
적 없는데 뭔 소리냐 했답니다. 천랑이요. 육을 버린 영
만으로 찾아간 거랄지.

혼령으로라도 나서는 게 사랑이라면,

나를 버리지 못한 내 영혼은 얼마나 강퍅한 것인가.

나만 남은 쓸모없는 몸 같아 그게 또 속상해서
나를 응시하다가 생각을 닫아 버린다.

모르는 결에 죽고도 사는 몸, 살고도 백발 성성 죽은 몸.
희비여 엇갈리도다.
내 속이 한없이 외로운 터널이다.
까맣게 잊고 살아 버린 게 틀림없다. 어쩐지 가는 방
향이 이별 같달지.
그건 아니지 않소? … 그렇지 않아, 언니?
낯설지만은 않은 목소리
출구는 어딘가.

# 밥풀

이따금 묻는다. 인간은 소우주라는데, 내 밖에서는 아주 뚜렷한 크레이터 보일까. 내 상처 발광체로 보일까. 만리장성처럼 상공에서도 식별될까.

삼십엔 이십이란 수 앞에서 쉽사리 오만하더니 사십 되니 삼십이 치기 같다. 오십이면 사십이 청춘과 진배없을 것. 갈수록 태산인 셈법이여, 인생 장부 적는 경리식이다. 나와 밥상은 아무래도 맞지 않아 서로 밀쳐 내니, 청춘의 몫이라 여겼는데 나 마흔 넘어도 이 세상 적응 못하고 어렵사리 밥 넘기는 날 많으니, 멀리면 생이 자못 달리 보일 텐가, 어쩔런가.

밥상 앞에선 딴생각 마라 누차 들었지만 난 늘 몰래 나가네. 지구 밖에서도 보인다는 만리장성 그 장엄도 밥풀로 쌓았다는데, 알고 보면 사람의 만리장성 쌓는 일도 남녀가 밥상 물리고 젖가슴 내어 주고 음경을 매만지는 필부필부(匹夫匹婦) 일일 뿐인데, 밥맛 없어도 다함없이 희푸른 하늘 강물 왜 그립나.

날 살리려 예까지 왔구나. 몇십 억 광년 단번에 초월한 뭔가가 있네. 일찌감치 상 물리고 책 펼치다, 은하에 달라붙은 밥풀을 발견해 감개에 젖네. 초속 30㎞보다 빠르게 밥풀이 달라붙어, 비쳐 보는 목숨의 비애여.

# 여자, 유리디체

여긴 무덤 혹은 방인가요. 어둠이 달라붙어 흑단 머리
칼이 됩니다. 엉킨 다리가 풀리고 당신이 몸을 떼자, 헌
칠한 그림자가 바짝 뒤쫓아요. 원(遠)에서 근(近)으로 나
타나는가 싶더니 근에서 원으로 크게 변합니다. 그림자
가 덥석 손잡습니다. 제 외로움을 잡아당기네요. 오르페
뒤 유리디체만큼 절 닮은 사람도 없어 보이는군요. 당신
과의 거리가 좁혀지지 않으니 방은 신화의 형상을 갖춰
갑니다. 왠지 당신은 오르페처럼 장난질하는 운명을 벗
어날 거라고도 생각해요. 젖 물리는 여자처럼 날 따뜻이
품으리라고도 생각하죠. 무엇이 우리 명(命)을 다하게 하
나요. 둥근 해가 몸을 뚫고 들어옵니다. 뜨거워요. 꽃이
찢어지고 잎이 돋고. 어렴히 알아서 하실 테지만, 혹여
뒤돌아보진 마세요.

해 지고 별 돋아도 당신 끝내 보이질 않네요. 유리디체
비명만 들려요. 피골이 상접한 나목도 제 속엔 이파리의
진동이 사는 것을, 천 갈래 만 갈래 생각을 쟁이고 뿌리
로 뻗치느라 도통 저인지 목소리조차 알아듣지 못하겠어

요. 순명하는 사랑은 없다면서 시계 침은 저같이 여지없이 고꾸라집니다. 남근과 여근은 운명에 갇힙니다. 아무려나, 끝난 날 뒤돌아보지 마세요. 사랑은 떠났고 방은 신화의 형상을 감춰 갑니다. 그러할 제, 나목은 뿌리로부터 빨아올려 일제히 꽃이 찢어지고 잎이 돋고,

불타오른 생각은 육탈이 다 되도록 뜨거운 법이지요.

# 바닷가, 무인 잡화상

발목이 친친 감긴 바다,
올 겨울 벗어났다 생각한 건 착각이었지요
계산 없는 사랑이 그러하듯이
제 족적 남기려고 횡선으로 모여드는 갈매기들, 튀는
물알갱이들
전체적으로 조금 기운 듯한 바다의 평형
평소 같지 않게 물살이 쳤고
찬 겨울도 감싸 줄 빽인 양 듬직한 어깨가 바다에 떠
있었지요
섬꽃보다 일찍 핀 올동백이 맨살까지 휩쓸려 왔죠
제겐 맨살을 간질이는 바다의 다른 이름이 그였죠
성화에 못 이겨 아침저녁으로 그땐 그랬었지요
그 후로도 모래는 시공(時空)을 지우고 부드럽고 따스
한 꽃파도 일었죠
나 시간 털려는 사람처럼 드넓은 바다의 옆구릴 따고
들어가
그이 전화번호며, 신분증이며, 밥풀 묻던 얼굴과 따끔
한 털 한 오라기마저를

오래 갖고 있었지요 물정 모르는 섬 아가씨로
정신 팔린 채 나잇값 못 하고
조개 무지 소꿉으로 가지고 살았더랬죠

사랑의 인질은 어느 날 알게 되었죠
그가 뵈지 않아 가 보지 않은 북한계선까지 발목 접질
리며 갔더랬죠
단속해도 날 따고 들어온 찬바람으로 모래 구덩이에서
비틀거렸죠
상의 왼쪽에 구멍이 뚫려
그이 집 주소, 식당 영수증, 동전과 기억이 굴러떨어졌죠
이봐요, 속을 뒤진 것도 모자라서 싹 날치기해 갔냐고요

내가 자꾸 빠지길래 꿰맸다가
나 하나가 세상의 겉감과 속감 사이에 갇혀 버렸죠

# 옛사랑이

녹음 짙어져 가는 날, 김제식당에 밥 먹으러 가 탁자한 귀퉁이 화투를 어루만졌지. 내가 앉은 자리는 2번 탁자 이월의 화투 패 매화, 옆자리는 5번 오월 난초가 피었지. 늘상 혼자 먹던 습관 들려 왁자지껄 어울려도 홀로인 밥상. 숟갈이야 뜨건만 더위가 곁들여져 시장기 없다가, 무심코 흘려듣는 순애보에 비로소 화색 돌 듯 입맛이 돈다. 정작 본인 모를 순애보가 입맛을 돋우고 배불러도 명치 싸하게 자꾸 넘어가는 밥이네. 허천 난 속이네. 탕에 생각을 빠뜨려 당최 쓴맛인지 단맛인지. 딸그락딸그락 젓가락질은 못해도 젓가락 장단에 맛깔스럽게 노래는 뽑다가 굶어 죽기 십상이던 한 시절. 화급히 가 버리는 장사 없는 세월에 아 아아, 옛사랑이. 옛사랑이. 말로만 듣던 걸 내가 했나 보다. 이중창 하듯 내 혼자 속으론 노랫가락 저음으로 흥얼거리며 다음 생에도 그 님 사랑하겠노라는 말 말아 먹으며. 멀건 내 허탕이 때깔부터 달라질까. 화투패는 왜 밥상에 붙였나. 꽃은 어딜 가나 손길을 탄다. 쓴맛 단맛 다 본 인생 패 덧없건만, 사십팔장 탁자 너는 아직 꽃 좋더냐, 생떼 쓰고만 싶은 초하(初

夏). 꽃으로, 꽃으로 외식을 하다가.

# 통하다

나 세월을 더듬어 대대손손 여자를 터득한 책이 되었
네. 그 누가 세월을 후히 베풀어 젖은 몸의 서사가 되었
고 그 누가 없어 꽃피워 보지 못한 금서가 되었네. 사람
이 나를 잊자 얼굴은커녕 발목도 잊혔네. 입술을 축이며
차렵이불 속에서 혈흔처럼 빨간 줄 그었네. 어두컴컴한
내 속이 통어(統御)할 수 없어 조여들었지. 속세의 사람
이 날 잊었으므로 시든 꽃을 못 버리는 꼴로 남아 못내
못 여민 꽃시절 지니고 그 시절일 리 없건만 자꾸만 비집
고 들어가 달궈 놓은 몸을 얹었네. 귓볼에서 목덜미까지
열기가 피고 별과 달과 한 여자가 울어 볼 만한 밤으로
화(化)해 버렸네. 빨간 실로 연인은 묶인 채* 만난다 했
지만 한평생 이야기 속으로 몸 감추는 삶도 있지. 희희
낙락 농락도 우스워진 나이여, 한갓 피조물 책을 값지게
할 이 누구냐. 나를 만지지 마시게, 만지지 마시게,

나이 먹을수록 어쩐지 두꺼워 보이는 금서네. 당신 손
에 달렸네.

* 다자이 오사무, 『쓰가루·석별·옛날 이야기』에서.

# 키싱구라미

쪼르르,

두 팔로 무릎을 껴안고 이마 얹은 채 쪼그려 앉자 물고기가 뒤따른다

거뭇거뭇한 체모를 타고 욕조 밑바닥부터 자리 잡는 키싱구라미

이것은 내 살이 나와 맞닿은 탐색이다

수온이 맞아야 사는 한 마리 열대어처럼

꽤 까다롭게 조개, 물고기, 능수버들 등속의 습한 별명이 붙던 속살

애초에 여자 몸은 아주 정교히 물로 빚어졌을 것이다


볼기짝에 허벅다리에 발가락 피톨에 그윽한 공간을 두었는지

어항을 빌리지 않아도 복숭앗빛 키싱구라미가 물을 친다

감전인 듯 온몸에 내달리는 고압 전류

짜르르한 내 살로 불가사의한 성을 알게 된 건 초경 때였다

비로소 반소경에서 벗어나 자신을 관찰할 수 있었다

붉고 두툼한 입술 모양이 벌어진다
몸의 내밀한 곳이 열리면서 움찔 느꼈던 첫 감촉의
도발,
허리를 비틀 때마다 성에 눈뜬 키싱구라미를 알아차
린다
관상어는 요리조리 재바르게 옮겨 다니며 알몸을 기포
마냥 끓어오르게 한다
물살은 소란이 일고, 솟아오른 더운 김은 탕에 살냄새
를 내뿜는다

피부처럼 하나이던 그가 떠나자
몸의 부력이 나를 떠나고 체온이 떠나고 병난 몸은 배
란을 그쳤다
밤이고 낮이고 구부정한 노인으로 누웠다
따뜻한 체온이 떠난 몸은 차디찬 시체보다 무겁다

물의 부드러운 애무인가 물이

종아리를 정강이를 사타구니를 고루 문질러

힘줄 붙여 입던 굳은 몸을 벗기자, 홍조 띤 촉감이 살
랑이며 돌아온다

숨죽이고 있던 키싱구라미가 살아나 그 부력으로 내
가 가벼워진다

만 스무 살의 성인식인 듯 생생히

첫 에로틱이 이어지는 건 오랫동안 생의 신비이다


커브 돌며 물이 맨살을 오르내린다 사랑은

섭씨 36.5℃에서 관찰되고 보기에도 어여쁜 열대어는
여자의 몸에 산다

물 한 자락을 쓸어 올리자 키싱구라미 살갗이다

찰랑, 따듯하다

# 도마뱀

거기 서 달라──── 외쳤어
저녁 끼닛거리 해 먹다 말고
외론 마음 동쳐 매고 빈 들로 나갔어
네 뒤 바짝 벼르듯 틈새 길 도마뱀 밟았어
가시나 내 몸짓이 엉겁결에 짓뭉갰어
태양이 꺼져 드는 순간에 꼬리 끊긴 섬 도마뱀
횃불 타는 석양 속으로 배는 밀려갔어
뒷자락 붙들던 저녁처럼 난 어둡고 왜소해졌어
살갗 벗겨진 피부를 맨손으로 만질 때
도리 없이 알았어 가엾은 처지 나였어
36.5℃ 온기도 오금 저릴 심장도 잃은 거였어
검붉은 피와 뿜어대는 김 없이
불장난에 데인 상처만 꼬물거렸어
도마뱀은 아픈 살점 짧게 끊은 거였어
고작 핏대 세워 기어간 거였어
너 없는 나였어 나 잃은 나였어
문전걸식으로 벌레 구해 먹던 도마뱀! 날 조심시키네
상처가 붙기 전 거동하면 도로 생은 상처에 끌려다니지

태양이 동네를 한 바퀴 돌 참이 지났을까

어디메쯤 있는 게냐 가도 가도 내 머시마

남몰래 도지던 발병도 가져가라,

도륙하듯 끊는다 했어

수천 떼비늘로 둥근 지평선 불타올랐어

건사 못 한 맘 싣고 날마다 이 포구의 막배가 끊겼어

형체 없는 환지통이 꽁무니 길어졌어

불현듯 일용할 양식으로

외로움이 많아졌어

# 배꼽

극히 일순간이었지만, 솨, 이, 우, 아—— 솨아아아
—— 바다 모음들 오갔네
내뜻한 전설이 있어 배꼽이라 불렸네

걱정을 품은 배꼽소라 아무렴, 암컷의 내력이었어
스스럼없이 내놓고 바닷소리 담는 배꼽이 일테면 여자
족보였어
평소는 엎디어 있는 오목한 배꼽구멍
껍데기 주둥인 뭔가를 들이고만 싶어서
심하게 부풀어 반구 이뤘어 귀 기울여 들어 봐,
애잔한 울음이 배어들 거야
암초에 파도가 덮쳐 오네 물살의 투명한 살갗 아래로
비쳐 오는 자갯빛 배꼽 솨아아아—— 지금 리듬이
좋아
달빛 쬐던 똬리가 엉덩이쯤 해 한껏 들리는 곡선이란
깊어진 협곡은 바다로 뻗어 나가
고, 헐거운 속내란 게 월경 때 같다
통증이 오지만 한없이 열리고 느슨해지잖아

보랏빛 봉오리 꽉 차고 자궁은 곧 샘솟는다지

쏴아아아아── 눈꺼풀이 태곳적 리듬에 살포시 감
긴다

파동 헤치고 배꼽층계 곳 허물어지고 차오른다

금분 모래 켜켜로 부서져 내린다

부드럽게 비비다 괜스레 져 주고 싶은 심정이야

그러면 곳에 부딪쳐 성난 파도도

구멍으로 밀려들어 외로 꼬고 누울 거야

바다의 길목들이 반짝대며 열릴 거야

태내 있을 때처럼 물결에서 태어나는, 배꼽

당신이 매만지던 거기엔 바닷소리 여직도 반향되어 울
리지

지금 이렇다 할 이유는 없지만, 배꼽을 다소곳 움켜쥔
채 있어

어쩌자고 자는 여자를 깨우고만 싶어서

# 이빨의 규칙

알맹이를 할짝거리며 맛본다. 생의 결정체 석류에 들어찬 새빨간 맛. 융단폭격처럼 촘촘하게 박힌 개중에서 덜 자란 게 있어 빼 보니 유독 투명이다. 충족되지 못한 욕구 불만 같다. 자신도 모르는 여자 속 같기도 들통나기 십상인 백옥 빛깔 여자 이빨 같기도 하다. 뜨거운 연애 경험 전 키스에 대한 상상이 이토록 반짝댈까. 입술 살결에 숨겨진 속니가 입에 감긴다. 모든 것에 여자가 조금씩 자리하고 있다!

이봐요, 말로만 그렇게 한다 하고 멋쩍게 대충 넘어가면 안 되죠. 강도 높은 색에 감춰 둔 비밀 교리, 석류의 색다른 신맛이 앙큼함에 맞먹는다. 혀끝에 야무지게 맺힌다. 석류는 야하게 잇몸 붉은 색에 말랑한 껍질을 붙였다. 예쁘죠, 천연덕스레 묻는다. 혀에서 빠져나간 기분 어떻죠?

2부

# 레테와 므네모시네

망각은 레테, 기억은 므네모시네, 라 하였지요 사랑이
다할 가을 초엽 당신 알려 주었지요 레테 강물 마시면
환생 때 전생 기억 모두 잃고, 므네모시네 물을 마시면
전생이 되살아나는 시간의 손실과 이득을 말하였지요
그 후론 나 모르던 강과 평원 되뇌었지요 레테 므네모시
네! 단숨에 단애처럼 가파른 발음이 풀려났지요 당신 표
현하려 입술 벌리면 테와 네쯤 시간 뚝 멎고 가슴속 감
옥에서 풀려났지요 건듯 바람 불어 파르란 물소리 오가
며 풀려났지요 꼭 하려던 말이 막상 아닐 텐데도 목소리
를 낮추며 애바삐 나옵니다 올 때도 되었건만 끝내 오지
않는 네 말, 레테

망각은 레테, 기억은 므네모시네, 라 하였지요 애태우
면 몸살이 나는가요 이때껏 한 번도 그런 적 없던 나 무
던히 속 썩인 가슴 쳤지요 아무래도 난 형리인 게지요 떼
려야 뗄 수 없어 네 긴 혀와 닿던 날 가두는 게지요 사
랑이 식는 건 필경은 땅 치고 후회할 일 도지는 일이라
하기에, 더럭 겁난 천하의 바보천치 난 한때 내게서 지우

려고 해 봤지요 허나 내가 한 일은 바람에 불과하여, 진
피까지 닿았는가 당신 기어코 환부로 남았지요 잃었단
사실조차 모르는 건망증이 까닭 모를 일을 합니다 도저
히 갈 때 없어 한도 끝도 없는 므네모시네, 네 말 네 말

# 과거 외전(外傳)


어설프게 말고 사람째 더 멀리 보냈어야 했을까.

"십 년이 지났어. 이십 년이 지났어. 보내져." 죽은 사람은 잊어야 한다던 드라마가 급반전으로 따져 묻는다. 순간 두개골이 강타당해 멍한데, 온 힘을 다해 내 삶은 끄덕인 듯하다. 시계 초침이 흔들리고 혼자 있는 낌새를 틈타 1초의 허용도 없이 시간은 떨어진다.


금세 밥숟가락에 얹혀 내게 숨어든 시간.

캑캑 밭은기침이 나 눈 감고 숨 멎어라, 죽은 척해 본다. 문득 몸 굽혀 등 두드리던 그가 떠올라 그 없는 시간은 성한 데 없다, 에 도달해 버린다.

시간은 경사각이 가파르다.

어느덧 조그매진 여자애의 과거로 왕왕 누구를 데려온다. 나 모르게 번성한 개인사다.


돌이켜 보면 치매 걸린 외할머니 임종을 못 지킨 일이 걸린다, 캑캑

생선 가시처럼 틀어박힌 일들은 날 뚫고 나오지 못한다.

뭣도 필적하지 못하는 시간에 내가 들어가 눕듯이

과거는 이모가 트럭 사고로 식물인간으로 눕게 된 시
간으로 뚝 떨어진다, 캑캑

뜨뜻한 병원 공기가 무표정한 얼굴을 스친다.

캑캑, 이번엔 만삭 엄마가 일 나가던 폭설 길을 함께
걷고 있다.

손을 꼭 쥔 그녀를 느낀다. 운명처럼 그녀와 나란히 걷
다가

돌아보니 그와 뻔질나게 드나든 골목에서 과거는 나만
퉤, 뱉어 놓는다.


그래, 그와 나는 축축한 틈바구니까지 가 본 적 있다.


과거는 막다른 구석보다 더한 틈새였던가.

시름시름 앓았을 때 할머니 개떡을 먹던 아랫목,

아침나절부터 부엌 찬장에서 꺼내 먹던 해남 이모 쥐
포,

삼십 해 지나 만삭인 동생, 헐려 버린 골목의 느타나

무와 자갈 담장…
　무엇인가가 끝나지만 뻔한 애정사가 틈을 메워 간다.
　이제 돌아가야 하는가. 나는 머리를 돌린다. 캄캄하구나.
　한 번도 입을 닫지 않은 시간의 아가리.

# 사랑의 아랑후에스

　시작한다. 선잠 든 내게 한껏 부드러운 목소리로 아빠
가 말했다.

　토요 명화 시그널 사랑의 아랑후에스 협주곡. 시력 잃
은 호아킨 로드리고 곡. 스페인 남쪽 도시 아랑후에스.
시그널이 깔리는 늦은 밤이면 아빠와 영화 속으로 들어
가곤 하였다.

　아랑후에스, 사랑과 꿈의 장소 정원에서 놀고 있는 크
리스털 분수가 장미에게 낮게 속삭이는 곳 아랑후에스,
바싹 마르고 색 바랜 잎사귀들이 이제 바람에 휩쓸려 나
간 그대와 내가 한때 시작한 후 아무 이유 없이 잊힌 로
망스의 기억이다*

　가슴 설레던 노래 나 그 후로 그 못잖게 아빠 귀로 듣
는다. 아랑후에스, 그건 누구에게 바치기에 구슬펐던가.
몸은 아랑후에스를 듣기만 해도 살가죽으로 눈물을 흘
려보낸다. 골똘히 생각하지 않아도 그는 때때로 운다. 대
사(代謝)로 눈가는 처지고 감퇴된 몸은 눈물 그냥 나 운

다. 날마다 마르는 몸은 울지 않으면 말라비틀어질 것이다. 손으로 비틀어 짠 듯이 세상은 눈꺼풀 너머 눈알을 마르게 하고 뼈를 마르게 하고 심장을 오그라들게 할 것이다. 애써 시간 부여잡고 숨 고르고 있는 사이 진 빠진 그를 낚아채 삼켜 버릴 것이다. 이따금씩 사위는 어둡고 눈앞이 흐릿하다. 코에 걸쳐진 안경 너머 누군가가 뜨거운 내 눈을 응시한다. 수십 년은 더 된 늙은 내 사랑도, 노안이 시작되는 나도 운다. 헷갈릴 때도 있겠건만, 머리칼을 쥐고 흔들던 옛사랑처럼 몸은 크리스털 분수의 기억을 눈물로 흘려보낸다.

---

* 호아킨 로드리고(Joaquín Rodrigo), 〈사랑의 아랑후에스(En Aranjuez Con Tu Amor)〉.

# 42

깊은 생각이 있었지. 사람들이 '깊은 생각(Deep Thought)"이라는 컴퓨터에게 물었지. 삶, 우주 그리고 모든 것에 대한 해답은 뭐냐고. 슈퍼컴퓨터는 답했지. 뻔뻔하게도 750만 년 동안 계산한 삶의 의미는 덜렁 42라고. 모든 것은 42.

깊은 생각이 있었지. 우리는 북악산처럼 만나잔 말을 들었지. 산에서가 아니고 산처럼? 그의 말투가 갑자기 설고 딴 세상 사람 같았지. 날 때 버리려는 심산 같았지. 북악은 난항이었지. 하루건너 산바람 불었지. 시끌벅적한 속생각만 껴안다 늘어졌지. 모든 것은 북악.

가슴팍에 높낮이 없는 북악이 있었지. 의미가 오용되고 의미가 출몰하였지. 혼쭐났지. 속수무책으로 씹어 오기 들고 근기 생긴 말. 삶, 우주, 사랑, 북악… 얼어걸린 뜻이라도 있어라. 딴청 피우는 척 슬쩍 넘기고 싶었지. 일렬로 말없음표가 돼 버린. 내 모든 것.

어느덧 나, 북악이 보이는 건춘문(建春門) 은행나무에
와 있었지. 밑나무에 눈 따다 접붙인 듯 북악만 눈동자
에 붙었지. 궁녀의 출입문을 타고 넘었지. 좀체 드러내지
않던 속내 되도 않는 말로 속 탔지. 눈알들이 옹이진 나
무도 타 넘었지. 휘감아 오르락내리락하였지. 히로시마
원폭에 살아남은 은행나무, 사랑의 불길에도 산발한 채
있으려나.

나, 전쟁을 치른 몰골이었지. 하, 하아, 온 힘을 온 생
각을 다해 보지. 모르겠단 얼굴을 하고 생각은 허구한
날 원 없이 돌아다니지. 모든 것은 원점에 와 있었지.

---

\* 더글러스 애덤스(Douglas Adams)의 과학 소설, 『은하수를 여행하는 히치하
  이커를 위한 안내서』

# 증강현실

"청산리 벽계수야, 수이 감을 자랑 마라." 송도삼절 황
진이, 풍류랑(風流郞)이 게임 광고에 등장한다. 박연폭
포, 서경덕은 어디로 사라졌나. 남자는 생각한다. 맑은
물만 고고히 흘리면 곁에 누구도 없다는 현실, 이젠 모
르지 않고 알고 가는 죄에 대해서. TV에는 LCD를 뛰어
넘는 컬러풀한 청산리 벽계수가 펼쳐진다. 잡풀이 만수
위로 여자의 요염처럼 눕는다. 희미하나마 눈동자에 파
동이 인다. 싫어질 리 없다고 단언하지만 오늘 여자는 나
타나지 않는다. 비뚤어뜨려진 맥주 캔이 포물선을 그리
며 너머로 떨어진다.

이곳과 시차 나는 브라질 리우데자네이루 자르딤 그
라마초, 세계 최대 쓰레기 매립지에 맥주 캔은 불시착한
다. 재활용품을 주워 생계를 꾸리는 카타도르의 〈웨이스
트 랜드〉*다. 카타도르들은 "기성의 예술이야말로 봐도
모르는 쓰레기"라고 말한다. 사랑을 말하려 하자 사랑이
헛갈렸듯이 에둘러 말하려 하자 쓰레기의 의미가 늘어
난다. 카타도르 눈동자에 페트병, 알루미늄 캔, 컴퓨터,

카메라, 잡지, 책 들이 담긴다. 여자는 실시간으로 본다. 저쪽에서 이쪽으로 이동되는 남자의 쓰레기를. 오늘 그는 이 세계로 전송되지 않는다.

여자의 시간 탑재형 TV가 자동으로 꺼진다.

동짓달은 차게 웃던 여자처럼 떠 있다. 방은 온전히 남자에 의해 플러그 된다. 예술의 문젯거리로 뚱하던 남자가 화면에 혼자 남아 허둥댄다. 서로가 말을 주고받던 영화에서 침대 시트가 반쯤 늘어진 체위로 흘러내린다. 음모 한 가닥이 카메라에 붙잡힌다. 이웃들이 TV 소리로 뭉뚱그려 말하던 교합 소리도 들리지 않는다. 점차로 현실이 증강한다. 지금 여자와 남자는 실종된 세계에 산다.

---

* 다큐멘터리 영화 〈웨이스트 랜드(Waste Land)〉, 2010. 빅 무니즈는 쓰레기를 재료로 카타도르들이 작품을 직접 제작하는 과정을 영화화함.

# 이유는 없다

　식전 바람부터 마음이 쓰이는지 저리 창밖을 보는 맞은편 집 애 한나절째다. 붙어 다니던 녀석이 전학 간 어린 날이 떠올라 애 혼자 창에 남겨 두는 게 못내 찜찜하다. 어느 날 없다, 를 짐작이나 했을까. 말없이 되는 건가요. 딴청 피우며 남 일인 척 묻는 내게 누가 답해 준다. 의외라는 표정은 우스꽝스럽게도 내가 수십 년간 찾던 어른, 말해 줄 이유는 없지요. 내 오랜 긴장이 비로소 풀어진다. 그렇다. 알아채는 게 어른답다. 세상의 그림판에서 구석탱이 접어 가며 찾고 싶은 걸 찾지만 어린 날 과학 도서는 한 장은 열 번 연속해 접을 수 없다 한다. "그래요? 말해요." 그와의 대화에 물꼬가 틀 때 한 번이 서투르게 접힌다. 줄을 당긴 듯 그와의 거리는 눈 깜짝할 사이로 줄어든다. 너털웃음으로 저이의 흉곽이 부풀어 오른다. 달짝지근한 공기로 설레어진다. 목소리 말곤 온 주위가 고요하다. "왜요, 말해 봐요." 목소리는 적도다우림의 후끈한 열기처럼 귓바퀴를 달군다. 그 후로 두 번, 네 번. 그러다 문득 미묘한 조짐에 벌써부터 말문이 닫히기도 한다. 어리둥절해져서 저쯤 끝이지 싶

어도 사랑에 관한 매순간은 빠르다. "하라구요오." 마디
마디마다 싸늘하게 싹둑 자르는 그인데,

아, 사랑의 예감. 어른이 되고부터 한 번도 마주한 적
없는, 진짜 이유. 관계를 저만치 이동시킨다. "찾던 게 있
었는데, 다리가 달려 사라졌나 봐요." 내 흔들림을 붙잡
고 있는 나.

저이에게 말해 줄 이유는 없다.

# 풍경에서 헤매다

여보쇼. 어이 거기 내가 보이쇼. 무시로 바람만 스치는구려. 나는 자전거로 태어났소만 보다시피 경복궁 돌담 그림자만 태우고 있는, 땅바닥 자전거 통행 표시라오. 바람 동정을 살피는 나는 멈춰 선 자전거인지라 무념무상 수행하듯 거리 풍경이 되었소. 때로 어린 연인들이 한 장 사진을 위해 자전거에 엉거주춤 앉는 포즈를 잡다 가오. 나는 사람들이 꿈꾸는 환영(幻影)이오. 연인들에게서 피어나는 따뜻한 공기가 날 옹위하오. 돌담 밑에서 뽀뽀하다 곧 사라질 것이오. 대로를 버틴 내 품새는 헌걸차다고 자부하오. 인적이 뜸하오. 벌써 두 시요? 바람이 광녀(狂女)처럼 꽃치마폭으로 숨었다 사라지오. 깔깔깔.

오늘은 공기 흐름이 제멋대로인 모양이오. 흙먼지가 뒷바퀴에 차여 이동하오. 담장을 타 넘느라 나무는 등걸이 휘어졌소. 퉁명스러워 보이던 나뭇가지 그림자 점차 날 향하오. 좀처럼 드러내지 못한 마음을 시험해 보려는 남자의 손바닥처럼 행동이 앞서오. 슬며시 체인에 올라타오. 헛바퀴가 삶을 맴도오. 허무가 생겨나는 지점이오. 봄부터 가지를 뻗더니 혹사로 인해 피곤이 쌓인 나무요. 책임도 무거운 계절이오. 타이 늘어뜨린 샐러리맨처럼 비틀거렸는데 낙화유수요. 허공을 내려놓는 이파리요. 악력 풀린 뼈마디 소리가 사방에 나뒹구오. 제일선에서 물러나도 세상과 어울려야 하는 세상이라니.

진짜 자전거를 본 적 있소. 달리 좋아 보이지도 않았소만 사실인즉, 반짝대는 거울만큼은 관심이 생겼소. 상대와 눈 맞추는 눈부처(Buddha in eye). 그것을 보고 싶소. 하룻날 빙판길에 웬 여자가 넘어졌소. 그때 툭, 내 속에 마지막 이파리가 떨어졌소. 텅 비어진 심정 아오? 땅바닥 심정은 아오? 상처 난 마음을 다독이는 사람처럼 생채기로 한 시절 다 보내게 되는 거. 아오? 윤곽으로 지탱한 쳇바퀴를 버리고 싶은 거. 아오? 가부좌 자세를 버리고, 공기를 뻥 차 버리고, 경물(景物) 밖으로 가는 거. 오오, 풍경이 달려오오.

# 페퍼라이트

월라봉 해식애, 봄빠람이라 발음해도 바람은 차고 매
서웠다
사내는 손에 쥔 망치를 내려놓고
붓으로 기억의 흙을 털어냈다 그러자 드러나는 말의
지질층
필연코 한시라도 우리는 멀어질 수 없어,
최상부 용암류 일곱 개 층위로 들뜬 남자 말이 관찰되
었고
여자의 말은 해수면 아래 응회암층으로 가라앉았다
함께여서 정분 두텁던 대화는 또 다른 층이 되었다
거센 비바람과 세월에 형체가 마모된 사랑
어느 날부턴가 가끔, 정말, 사랑이었다
여자는 물리적 조작으로 보고 싶은 지층만 기억했다
균열은 대수롭잖게 발생해서 서로의 울상으로 굳었다
왜 사랑보다 가끔이 귀에 거슬렸는지, 여자는
별거 아니다 자신을 다독일 때 내부로 떠나는 기분이
었다
간장을 녹일 듯 애끓었던, 마그마가 식고

정적으로 굳은 남녀는 암석에 갇힌 대원들

도망쳐 버린 피난처 암석에서 표정도 깜박 잊힌 것 아
닐까

지층 탐사이듯 석연 찮은 서로의 기분을 살피면

거죽만 남은 얼굴에서 깜박대는 실내등

졸지에 시도한 대화로 아무리 애써도 터지지 않는 목청

석화된 말이 와삭 부서지도록 고함치는 우리,

오래전부터 알고 있었던 걸까 계층화된 돌멩이로 굳은

누구에게도 닿지 않고 긁혀 떨어지는 희귀 암석임을

벼랑에 가까스로 매달린 네 목청이 커져 갈 때

수분을 함유한 축축한 내 말이 섞여 든 페퍼라이트*였다

* 굳어지지 않은 축축한 퇴적물과 용암이나 마그마 파쇄물이 혼합되면서 형성
된 암석.

# 경,

　나 서점에서 오랫동안 기다렸네. 기다림의 행선은 어디까지일까. 서점 한편은 패스트푸드 코너, 이웃해 있는 서가보다 사람이 많았다네. 코너 통로에서 흑경으로 멈춰 선 나는 오가는 세월을 비췄다네. 이 앞에선 부끄러움이란 없었네. 억지스럽게 들릴 법도 하지만 어느 정도 사실이라네. 옷매무새 고치고 눈곱을 떼다가도 표정을 수습해 사람을 만났네.

　상이 맺혔네. 오래 기다리게 했지. 여자가 한 쌍 연인을 처연한 눈빛으로 쳐다봤네. 우린 둘 다 알고 있었네. 핼쑥한 얼굴로 같은 병을 앓는 동병상련의 처지. 집 나간 사람의 행방을 점치는 거울 무구처럼 나도 한때 남자를 찾았다네. 억측이 무성한 세상의 상은 점차로 구부러졌네. 나는 곱게 수은을 바르고 연단(鉛丹)을 칠했네. 마음을 빼앗기면 그리 되지. 은(殷), 주(周) 때였을까, 경! 그가 불렀던 시절이었을까. 사랑을 확인받고 싶어 화려하게 도금을 하고 칠보도 더했지.

피차 알 수 없는 인생사, 이래 봬도 애정이 무르익어 금낭 속 명경을 품던 남녀의 도취경 같았는데, 내 영원은 순간만 같았는가. 백발성성하여 고왕국 분묘까지도 함께할 수 있었는데, 순간은 영원으로 오갔는가. 내 세상은 파장한 매장처럼 더 이상 흐르지 않는 시간이었네. 너의 행동, 너의 웃음, 너의 옷차림, 널 흉내 낸 시간. 사랑은 주객을 전부 뒤집었지. 그러고 보니 널 마지막 본 게 나로군. 경! 너인 난 누군가. 사랑도 몸이 다 되면 죽는 겐가. 유리, 알루미늄, 청동, 주석, 은으로 돌아가려는 시간을 앓네. 이대로 정신을 놓는다면 어쩔는지. 누군가의 발소리가 내 속으로 걸어 들어오네. 조명이 느닷없이 온몸에 터지네. 쩡─

# 설어

눈에는 눈! 보고야 알았다

처음 가 본 남해에서 비빔밥을 먹기 전 서대가 뭔가
싶었다

남해에는 설어(舌魚)라는 생선이 밥상에 오른단다

이를테면 한쪽으로 눈 쏠린 가자미처럼 납작한 바닷물
고기

처음 듣는 외래어 같아 설익은 발음 해 보지만

『자산어보』에도 나온 일찍이 날것, 건어물로 먹던 바닷
물고기

설어, 혀가 온몸인 걸 본 듯한 기분에 휩싸여

불현 SF에 나올 법한 괴상한 물고기상을 그려 낸다

어둠이 보는 걸 나는 지금 보고 있다

설어가 짙어지는 어둠 속에서 눈물을 떨궈 낸다

머릿속으로 잠입한 고것은 밥상을 깨부술 듯 힘세다

날 이끌고 낯선 곳으로 데려가 물결로 출렁거린다

수심 깊이 자리한 물빛은 오묘하고 다채롭다

바다에 빠져 본 적 있다 헤엄치려 하면 자꾸만 밀려드
는 세파,

눈앞에 공포가 높이 솟구쳤던 날 나는 진화했다

절벽으로 부딪치는 여섯 번째, 다음 일곱 번째 파도를 타야 탈출하는

빠삐용이었다 두려움이 만드는 물거품으로

매번 글은 거듭된 실패를 한다

청맹과니였던 나, 초조한 마음이 아우성쳐도 기다려야 한다

등배 쪽으로 납작하게 누워 묵묵히 어둠을 응시하면

장쾌한 일곱 번째 파도의 포말은 우주의 별처럼 흘러 올 것이다

눈에는 눈, 맞서야 하는 거친 세상에 밉보일

듣도 보도 못한 물고기, 우주적 눈물쯤을 상상하면 된다


출어다, 고깃배와 갑판원과 싸웠던 생선을 뒤적거린다

서대는 고생물학계가 발칵 뒤집히게 출토된 원시 어류마냥

굳은 내 머릿속에 암각화되었다

# 침칠

**책에 침칠을 하지 맙시다.**

도서관 자료 책에 누가 침칠을, 혀 끌끌 차며 소설로
돌아갔지. 침은 길 찾는 표식이나 다름없었지. 사전에 마
음먹었던 글이 쿵, 구덩이 빠질 때면 무거운 머리부터 사
렸지. 카프카 『변신』처럼 사과가 흉기로 등장하는 소설.
등에 사과 박힌 주인공이 내 얼굴로 나타나는 소설. 콜
록, 본의 아니게 침 묻는군. 끌탕 끓인 소설엔 둘씩 비유
로 맞춰지는 사회적인 죽음 있었지. 아버지는 등 돌리고
여동생은 야만스런 식충 본 듯 사과를 집어던졌네.

도서관 벵갈고무나무처럼 노트북에는 자소설 스펙 무
럭무럭 커 가고 있는데 한갓진 시간에 써지는 글이 어디
있나. 하루 사십 잔 커피를 마셔댔다는 발자크, 먼지 뒤
집어쓴 노무자처럼 난 소설 써댔지. 쥐뿔도 없는 분주한
마음만 생략과 비약으로 껑충 뛰고 그러자 손가락 끝에
서 태어난 신대륙의 사람들, 타액 묻은 군상들은 지문부
터 덜컥 뼈까지 붙이고 피가 돈 욕망과 노기 띤 피곤으
로 어련히들 변해 갔네. 소설가는 여남은 채씩 붙은 빌

라에서 사과로 입맛 다시며 세상을 살았네. 도서관 고서 대출카드에 적힌 다소 비장한 문구. 책에 침칠을 하지 맙시다에 마음 쓰이더군. 쫙 그어서 되작이니, 인편으로 누군가도 책에 빠져 산다는 소식 주고받는 듯했지. 그렇게 열 밤 자고 백 밤 지나 한 해가 끝났네.

소설의 도입부는 회상으로 시작되었지. 열린 결말이 소설가다운 삶의 대목일 테지. 연말 모임으로 향하는 사람들과 공존하며 사는 DMZ 멸종 위기 겨울 동물들. 수달, 산양, 담비, 두루미, 긴점박이올빼미, 반달가슴곰, 사향노루가 크리스마스 실로 등장했다는 따뜻한 소식들. 소설에 집어넣어도 추운 소설(小雪), 의자 등받이에 박힌 내 몸 침 묻혀 가며 누구에게든 우편 띄우고 싶었네.

# 우유 따르는 여자와 큐피드

한번쯤 고개 돌려 볼 필요 있습니다
시작은, 베르메르 〈우유 따르는 여인〉을 보다가였죠
태풍 전야처럼 얼마나 고요하던지
창가에서 조심스레 우유병 기울인 오른손등과 왼팔뚝
으로 햇빛만 부서졌죠
마음 같아선 대뜸 물어보고 싶었죠
그 시절 그림의 여자는 애인이거나 돈으로 고용한 모델,
언뜻 아름다운 머리칼과 표정 감춘 여자가 화가의 연
인일까 싶었죠
닳아빠진 앞치마와 머릿수건은 얼마나 완고하게 동작
을 하녀로 붙들고 있는가요
거친 빵과 부드러운 우유는 얼마간 손에 붙잡혀 있는
건가요
오해는 말아 줘요 난 나완 다른 여자가 궁금했을 따름
이죠
시간은 자제되고 있었죠 분명 여자의 사랑은 남들 몰
래 숨어 있을 것 같았죠
정오 식사를 넘긴 부엌에선 햇빛 말곤 일체 간섭은 없

었는데요

　건조하기 짝이 없는 공기를 잡숫고 졸음 냄새를 풍겼죠


　꿈의 몽우리는 장미처럼 살짝 벌어졌죠

　장밋빛 물동이의 아가리에서 우유는 쪼르륵 따라졌죠

　내 눈높이에서 볼록한 가슴과 동여맨 허리가 묶이고

　치마 밑은 풋워머와 함께 뜨거워지려 하고 있었는데,

　부엌은 뜨거움이 불붙는 여자와 남자 그리고 사랑의
신을 숨기고 있었죠

　사실상 온전한 전체를 보는 건 힘든 일이죠

　뒷벽으로 활 든 소인이 있었는데 보셨나요? 등에는 날
개가 달린

　큐피드와 비슷할 성싶습니다 상상은 사랑에 날개를 달
수도 있죠

　사랑뿐이랄지, 굶주림뿐이랄지, 표정 앗긴 생식여자,
화식여자

　나 뭐든지 사랑의 메시지다 큐피드다 믿어 버렸죠

　참 많이 분주한 장소에서 사랑을 찾았나요?

핼쑥한 당신의 물 한 모금 밥 한 술 위해 부엌에 선 여자
콕 집어 말할 순 없지만 분명 날 닮은 여자
제가 들려드릴 이야기는 여기까지,
사랑에 바쁠 것 없는 당신 계획을 한번 들어 보죠
여긴 때를 기다리는 곳이 아닌 맹렬하게 바쁜 여자의
부엌입니다

# 발견

화폭이 담배 연기와 사람들로 꽉 막혀 있었다

카페테리아 벽면 〈Nighthawks〉를 눈으로 더듬으며 나는 건성으로 그의 말을 듣고 있었다

그가 말하는 특별한 관계란 식으로

귀엣말 속닥이는 남녀와 발라드가 우리 사일 참견하고 있었다

이웃한 남녀 웃음이 멍한 정신과 뒤엉켜 나는 바람에 카운터에 쌓인 찻잔을 우리의 초상화로 앞당겨 보고 있었다

앉아 있기가 영 불편한 의자, 현재가 튀어나온 구상화 같았다

나는 마치 상감 세공된 액자의 누군가인 듯

사랑의 음각으로 들어간 이별 남녀를 눈으로 더듬고 있었다

그는 내 딴생각을 알아채고 얼굴에 맞지 않는 슬픔을 덧칠하고 있었다 하지만 여태 남은 밑바탕이 얼굴 밖으

로 삐져나오고 있었다

　째깍째깍, 현재는 저마다 다르게 흩어지고 있었다


　격무에 시달린 형상의 사람들이 창밖으로 지나갔고
　밖에선 정다워 보일 법한 그림처럼 우리는 한 평면에
진열되고 있었다
　뽀얀 담배 연기로 현재는 모였다 흩어지고 있었다


　티라미수가 녹아내릴 때까지
　나는 아이스 잔에 쏠린 물기로 다탁에 눈동자를 그리
고 있었다
　화를 내고 있는 그의 손가락은 정직하게 불쑥 드러나
냅킨으로 내 눈동자를 지우고 있었다
　물기가 꿈틀거릴 뿐 형상을 만들지 못하고,
　침묵으로 그림의 균형은 흩어지고 있었다


　무엇이 문제죠, 그가 내 눈동자를 다 지우자
　지친 나는 숙인 얼굴로 내가 남인 듯 묻고 있었다

고르지 않은 음질로 음악은 계속 흩어지고 있었다

현재가 시간이 지켜보고 있는 그림 같았다

액자 속 눈동자에는 언제까지고 눈빛이 빠져나오며 고여 있었다

* 에드워드 호퍼(Edward Hopper), 〈밤새는 사람들(Nighthawks)〉, 1942.

# 바다에 쓰다

여긴 구 항구, 그제 세상은 여태 한 행이다. 제때 못 쓴 그제를 종이에 띄워 놓고 나는 글자에 붙어 선다. 부두나 항구를 떠돌던 시인의 방랑이 손 닿을 것 같다. 철썩, 방구석 밥상을 세간이랍시고 놓으며 연필을 사각거리자 바닷소리가 새어 나온다. 별빛은 바다에 섞여 든 상태다. 몽돌로 백지장을 누르자 깜깜해지는 별빛. 휘갈겨진 필체가 해면에서 허옇게 끓는다. 부두의 폐선은 가난하고 비속한 종인 듯이 보인다. 앞으로 고꾸라질 듯 매여 운명의 횡포에 나포된 모습으로 녹슬고 낡아 간다. 혼탁한 파도가 가하는 타격을 뒤로하면서.

구름배가 잔뜩 무거워져 저층으로 배회한다. 후드득, 비다. 그리도 야단스럽게 구름의 좌초 소리를 듣는다. 아아, 필력의 가속. 그로 인해 백지가 파득파득 떨린다. 흑연이 툭 부러진다. 떨어진 별인가…. 사력 다해 저를 밀고 간 필력은 구름처럼 허공에서 제 생을 다 산 모양이었다. 입항 때 바위에 쓸린 배 밑이 썩은 듯이 억수로 퍼붓는 비에 대항해 연필심도 곯았다. 시행이 잠시 중단

82

되자 생각은 부랴부랴 머릿속으로 들어온다. 나는 머릿속으로 재빨리 연필 한 자루를 집어 개포가 나지막한 집을 적는다. 사랑하는 이와 채취한 어린 미역을 끓여 밥해 먹고픈 바람이다. 잊히기 전에 나만의 약호로 기록하기 위하여 물거품이 몽돌에 몸 얹듯 글자 하나씩에 의미를 싣는다. 외롬 같은 거, 누구도 이길 수 없는 거다. 바다에 면해 망망하고 쓸쓸한, 생이다.

해 질 녘 항구에선 무수한 새들의 귀소(歸巢) 소리를 듣게 된다. 백방으로 제 둥우리를 찾으며 새들이 운다. 그래, 나는 또 날 넘나드는 새를 받아 적느라 밤 깊도록 저녁을 거른다. 언제부턴지 바다 한 귀퉁일 빌려 더부살이하는 내게 섧게 우는 잡것들이 정박하고 있다. 밥 빌러 다니는 짐승과 진배없다. 심장을 떼 가는 새 떼 울음이 백지로 침몰하고 밥상의 지우개밥을 쓸어 내다가 쓰인 늑골 어디 바다다운 내 울음을 만져 본다. 쓴웃음이 나온다. 망망한 바다보다 몸뚱어리 울음이 미치게 싫은 날, 시를 적는다. 그렇게 둘이다. 나와 시의 행간으로 저

혼자 우는 밤은 빠져나간다.

# 한낮의 여인

차츰 여자가 물가에 번졌다
풍, 여자에게로 튄 풍경은 수심이 얕아 보였다
다저녁때 하릴없이 아파트 연못에 쪼그려 앉은 여자였다
만물은 선순환하며 치유된다고 믿고 싶었으니
그와의 이별이 잊히길 바라는 이유 때문이 아니었다
거북 등딱지가 연못 풍경에서 도드라져 있어서도 아니었다
수렁에서 빠져나가야 한다는 수심이 깊어 가서도
기억된 장소를 부정하고 싶은 심정이어서도 아니었다
바람과 풀이 흔들렸고 고요이던 존재가 시푸른 색으로 뛰어올랐다
물고기인지는 확실치 않았다
무기력은 여자 발치까지 고개를 빼었다
여자는 연못에서 튀어나오는 기억이 언제 소진되는가를 끈질기게 들여다보고 있었다
해가 저물며 그림자의 본색이 드러나는 걸 보고 있었다
그와의 날들은 나른한 봄 같아 나비가 날았고 찌는 여름날 같아 더워지기도 했다

바람 불면 계절이 얼굴에 묻어나는 법이어서

낙엽 지고 가을 오자 여자는 비춰진 착각 속에 웃고
있단 걸 알았다

밑바닥부터 기억을 퍼 올리느라 더러워진 녹색 수렁
같았다

퍼 올려도 심연에서 계속 증식하여 갑피를 이루며 올
라왔다 아닌 게 아니었다

때로는 장마가 지나갔고 그와의 소풍 장소에 응달이
졌다

모르겠어, 가르쳐 줘 내가 있는 의미를,

웅덩이는 구멍이 억지로 집어삼킨 고약한 기억이었다

여자는 흡사 병자인 무력한 상태였으므로 아닌 게 아
니라

가까운 여자 손을 잡고 싶었다


그리움의 분광으로 쏟아지던 물빛,

연못은 누군가에게 사랑받던 때도 있었다

찰랑이던 그건 뭐였을까, 여자였던가, 한낱 그림자던가

못 본 체함으로써 여자를 보았던 사람은 없었고
여자의 자리가 어디였던가 관심을 보인 사람도 없었다
눈 찌푸리게 햇살 환한 한낮이었다

# 루틴

9회말 1사 2루 위기 상황에 등판한 그녀, 세상에 말짱 도루묵이어도 자신만의 방법을 찾는다. 지문처럼 유일한 몸의 기호, 몸으로 하는 기도문. 시험이라거나 면접이라거나 초면인 누군가를 대할 때면, 긴장 없애려 루틴을 생각해 내었다. 혼몽한 잠을 자는 기분으로 몇 광년 떨어진 세계로 간다. 때로 은행 창구처럼 부산한 세상에서 존재가 부정되어 식은땀이 배어 나온다. 왜소한 인간 하나 절대 고독에 내몰린다.

쩌억 아가리 벌리는 캄캄하고 고적한 세계다.

꺽꺽대는 울음 없어도 엄습하는 지독한 외로움이다. 그녀는 몸이라는 천체에서 밀려난 이동민. 때로 기도문을 중얼거리며 루틴에 빠져들어 우두망찰 출입구를 살폈다. 어둠 속에서 비로소 나타나는 문은 그녀를 마중하는, 준비된 상태다. 경기에 적합하게 몸을 데운다. 예전의 그였을지도 모를 일들이 잠시 스치지만, 찾으려 할 때 숨어 버리고 마는 그다. 그녀는 몸에서 흥분과 청춘의 열기를 가라앉힌다. 사물에게는 보나 마나 어떤 늙은이겠지만, 아직도 컨트롤해야만 하는 세상의 경기가 남았다.

바람이 저편에서 함성을 지르고, 빠져나갔던 사람이
조용히 복귀하듯 한참을 지나 돌아온다. 그녀는 당분간
이계(異界)와 계약이 맺어진 사람이다.

3부

# 파리지옥

혹시 들어 본 적 있니,
열띤 말투로 꽃 좋은 날 보자고 했던 그
그런 꽃은 언제? 찐한 사연 피우니
나 내심 좋았네
개나리 사흘, 진달래 여드레 빠르다는 개화일에는,
평년과 다름없이 장미가 지네
함께하잔 계절도 가고 보란 듯이 광분한 마음만 뻗치네
진종일 그가 했던 말 곱씹을 때, 그제야.
꽃잎에서 바르르 떠는 금파리를 똑똑히 보았네
벽력이었지 허를 찔린 속이 아렸네
여태 꽃에 얼굴 감춘 건 그의 흑심이었나
단박에 표리(表裏)를 알아챘어야 했나
나, 파리를 품었네

기별 없는 그로 인해 꽃을 물고 늘어지네
섣불리 넘겨짚는? 얘기 일절 없었잖니?
우린 서로에게 뭐였을까
우리 둘, 한철 꽃 아닌 한살이 파리?

정신은 어따 둔 가없는 마음이 중얼거리지
좀더 아름다울걸, 아니 좀 덜 사랑할걸
항시 겉으로 좋다고는 말 못하고
내심 너를 끔찍이 사랑했네,
꽃말은 영원불변이시라
파리가 껌벅거리는 눈동자로 삼켜지듯 빨려 들고 말았네

# 망

　문어가 알 낳는가 봅니다 문어가 둥실 떴다 구멍으로 사라집니다 망(望)날 하늘은 바닷속처럼 사위가 푸르스름하고, 삭(朔)날 사라진 달이 차오릅니다 예가 어딘가요 오래전 숲에 들어선 밀월을 즐겼습니다 당신은 감감 말 없었고요 다만 손 뻗은 넝쿨이 우리처럼 둔덕배기 부드럽게 올랐지요 거무레한 어둠이 우람한 봉우리와 너울대 노라면, 몸도 마음도 설키어 오르는 달밤이었습니다 달을 삼킨 듯 제 속은 환하였네요

　다시금 그리웁던 마음도 동심원을 그린즉 모든 건 원위치로 돌아갑니다 그간 기다림의 수효를 세었습니다 겨울날도 얼지 않는 몸속의 피(血)여서 월경이고요 세상은 한 점으로 빨려 들어갑니다 망날, 먹의 고아한 냄새를 풍기며 숲은 어둠에 들고 구름을 먹물 삼아 편지를 쓰는 전 문과 어를 바치는 심정입니다 오래 뵙길 희망하였습니다

# 점심밥(點心-)


사람과 헤어져도 밥은 먹어야지 중얼거리며 늦은 점심
을 했다
점심이 마음을 점검하다, 라던데 마음 같은 건 없이
우물우물 식욕이 숟가락을 떠올렸다
바짝 마른 삼치구이에 눈길이 미쳤다 굳은살 같았다
삼치구이 백반 앞에서 터무니없이
굳은살 맞대고 연애하던 시절을 떠올렸다
나도 한때 쩍쩍 금간 굳은살 칼로 긁었다
굳은살을 지녀 본 사람은 알리라 굳은살이 언제 배는지
찌뿌드드한 몸으로 구두 끌던 새벽인지
시커먼 구석 털썩 주저앉아 주먹 부르쥐고 울 때인지
마음으로 곱씹었던 허다한 날들에서 굳은살이 박인
사람은 알리라
세상이 두 쪽 난대도 먹어야 했던, 밥맛도 모르겠는
끼니때 밥처럼
내 살로 딴딴하게 변한 것은 그저 일상이라는 것


한번은 발바닥에 따끔한 일침이 놓였다

야근한 동생이 다가붙으며 내 발을 쓸어내리곤 보드랍
다 한다

그가 한숨 내쉬고 만졌던 살이었으며

애무로 눈뜰 가능성이 거의 없던 살 아닌 살

왜 하필 굳은살 박일 무렵 한눈에 사랑했던가

수시로 닳은 뒤축 만들던 시절, 가난한 연애를 불사했
던가


정면보다 멀찍이 발끝 보는 건, 사람들이 아는 나의
수줍음

허기져 점심 먹다가도 굳은살을 떠올리는 건, 나만 아
는 일

핏기 가신 얼굴로 이별도 굳은살같이 없애야 한다

배를 덜 채웠는데 오장(五臟)에 왠지 모를 슬픔이 굳기
름으로 떠다닌다

나 모르는 너여,

살집 붙은 마음을 밥숟가락으로 헤집어 보는, 날 이해
하겠니

# 중반

　중년은 내게 어떤 권능도 되지 못하는가. 말 건네도 입 벌린 채 묵묵부답인 나의 마흔, 마흔 기념으로 시작한 SNS. 청년부 목회 활동 기혼자라고 자랑스레 밝힌 남자를 보다가 흠칫 놀란다. 모르는 사람 결혼 사진은 왜 보고 있는가. 마흔 나여.

　왜 시간은 강물처럼 흐르는 것으로 보이는가.*

　책 펼치고 질문을 따라 하자 시간이 흘러간다.

　시간은 모든 일이 한꺼번에 발생하는 사태를 막아 주는 것이다.**

　책 펼치고 대답을 따라 하자 초침이 흘러간다. 분침이 흘러간다.

　힘써 지키지 않았는데 대단 찮은 나이에 이르러, 돌이킬 길 없어라. 자서 세 권 낼 때 되니 시간의 대갚음처럼 가진 것 없어도 중년 유명세 없어도 중견이다. 뉘우칠 길 없어라. 관절이든 골수든 정처 없는 영혼으로만 채워지지 않길 비는 밤 기어이 울컥 복받친다.

　엔트로피가 증가하며 모든 건 흩어진다. 멍한 머릿속

그를 사칭한 체취와 두런거림은 흩어지지 않는다. 기억의 모략으로 그대로 있다. 공간 좌표 어디쯤에 나는 현재로 있다. 체중과 신장이 줄어든 몸만 중년으로 자청해서 들어간다.

다저녁때 알았다,
울화로 터진 목젖 울음이 사실은 어제저녁부터인 길고 긴 일임을.

울음의 한중간을 어정쩡히 몸속으로 밀어 놓자, 비로소 내일이다.

* 물리학자 마크 뷰캐넌(Mark Buchanan).
** 물리학자 존 아치볼드 휠러(John Archibald Wheeler).

# 수박 트럭을 돌아 나오며

혼자 이별해 버리면
함께 먹던 건 어떻게 먹으라며
식전부터 타령이네
살 빠졌는지 뭐는 챙겨 먹는지
수십 년 지기 지인들이 쉬 알아보지 못하던 걸
여름날 저녁이 알아차리네, 통하는 마음이네
너랑 물가 나무라도 찾고 싶던 날
한 통에 만 원 설탕 같은 수박이 왔습니다
엄청난 수박이 왔습니다
공지(空地)의 수박 트럭
확성기 말재간에 어디 보자 골라 봐도
통 말 없는 넌 간곳없고 적요가 턱없이 커졌네
무척 큰 건 뭐든 슬퍼 이를 어쩐다
혼자 먹기 질린다
크게 크게 질러 봤네

절반 쪼개고 속 후벼 덜어 내서라도
그것참, 사고 싶던 수박 한 통

해지고 어둠 깔리자 발소리는 종적 감췄다

사람들 눈 괘념 않고

덩그렇게 나만 나앉네

밥값 치를 돈 없는 사람 같던 눈물이 민망해

참으며 삼키니 목멘 소리 넘어간다

더러는 한길 나가 트럭 오가는 구경뿐이다

오늘따라 공연히 사 버렸나

맹세코 매일 이러진 않을 거다, 아예 하지 않을 거다

시큰둥 있는지 없는지조차 모르겠던 마음은

혼자는 못 사는 곳인가

좀체 못 사던 수박 고작

한 통, 너는 아직 나랑 살아

온전한 통째로 산다

# 껌

영 시이자 자정 열두 시
요새 부쩍 잡념의 냄새, 뒤돌아보지 마라
방뇨를 하려고 잠 깼는데도 내 생각은 지지 않겠다는 듯
쩍 들러붙어 떨어지지 않는다
생각을 먹고산다는 꿈
끈적임의 정체는 필시 사랑 이후 절망감 때문이다

야멸차게 딱지 맞겠다 했다
껌딱지건 생 씹히건 어깃장 놓겠다 했다
부빈 혀엔 꾹 다문 사연 자국
변심한 사랑이 몰라라 해도
왜 이리 안 떨어지냐, 눈물 찍어 냈다
달짝지근 단물만 뺏긴 느낌
점착력으로 꼼짝 못하게 조인 느낌
분명 요의(尿意)였는데 온몸 진득거리며 말라붙은 느낌
사랑은 언제나 딱 맞아떨어지는 법 없다
눈 하나 깜빡 않고 일상은 고무질이 되어 간다

뻔히 안다, 깔보듯 사랑에 목 빼고 헛되이 덤빈 자
그러다 변덕스레 불길에 빨려 들어 활화산과 싸우는 자
그러다 닿지 못할 만큼만 깊어 천 길 무저갱과 싸우는 자
온정신 토막 낸 사랑은 몸에 들러붙었다
불타던 기세, 높은 이빨에 박히던 그 밤의 벼락 느낌
하므로 껌은 온통 씹히는 생각뿐이다

곱씹어 떨떠름한 맛! 밤새 삐쩍 마른 눈자위! 뚫려 물
빠지는 구멍!
풀리기 힘든 갈증에 물 한 컵 들이붓는다
푹석 사그라지면서 사라지지 않는
의혹을 잡고 늘어지느라 꼼짝없이 사라진 여자
하… 분명 일어난 일인데 속옷 바람으로 사라진 영 시
와 여자 몸

# 희(姬)


봄바람 들어 색깔 짙은 립스틱, 냄새 독한 매니큐어,
야한 속치마며 옷가지가 방 한가운데 널렸습니다.
우머니스트와 페미니스트를 끄적거리던 나는 엄마…
하고 불렀지요.

멀찌감치 떨어져 어디가 다른가. 참 여자로 보여 성당
에서 부르는 것마저 놓쳤습니다. 도타운 신심으로 영세
명 탄생하던 날이요. 욕망을 버린 듯이만 보이던 엄마들
이름과 마주했죠. 한 여자의 영세명은 수산나 선화 여
사. 성당 뜨락에 꽃 필라 흐드러진 수선화가 걸맞아 보
였습죠. 올곧게 뻗치던 줄기완 전혀 다른 봉오리 피고 모
두들 늘그막에 든 수산나를 아련한 새색시인 양 불렀습
죠. 저그서 본께, 선화 씨 얼굴이 고로코롬 예뻐분가. 순
식간 수십 년이 주마등으로 스쳐 눈매가 주름졌지요. 한
때는 뉘집 귀한 여식이었을 엄마들 뒷바라지하느라 불려
보지 못한 이름이 활짝 피었고요. 살아 올바로 호명 않
던 날 책망하였지요. 암요, 엄마, 라는 부름이 거짓 신앙
고백 같고 지그시 눈 감은 한 여자 두고 눈가가 주름진

두 사람을 본 듯하여 누구에게라도 고해하고 싶었습죠. 그가 내 이름자 불러 준 날도 이름의 깊이가 종일 온몸에 파고들었더랬죠. 살갗에 대고 나를 깨워 울게끔, 같은 이름이나 평소와 판연히 다른 희(姬)였더랬죠. 토씨 하나 틀리지 않고 반복해 달라 할 나입죠. 재삼재사 고해함으로써, 이제는 주름진 여자들을 조금쯤 시들게 해 주고 싶지요.

# 사랑받지 못한 잠자리

지하 주차장 땅바닥에 엉겨 붙은 잠자리, 가을 가기 전 주차장에서 벌어진 사건은 눈에 뭣이 씌어서였네 뭔가가 흐릿하더니 주차장 기둥으로 돌진해 버린 차 상체는 고꾸라지고 냉각수 터지고 안경 쓰다 만 듯 어지러웠네 뭣이 단단히 씐 것이지만 이런 때는 누구나 언제고 있네 의아스러운 건 액셀과 브레이크 혼동이 아니었네

지평선 저쪽에서 잠자리 하나 날 따라왔네 차창에 찰싹 붙은 빠알간 잠자리 왜 단풍처럼 달라붙었나 잠자리 그걸 봤다손 치더라도 그냥 못 본 척할 것을, 오늘따라 꽃철 지나도록 사랑했던 날에 머문 내 처지 생각에 정지했네 공지 내리고 짝짓기하려는 잠자리처럼 맘이 급했네 불가사의하게 내 눈에만 보이는 잠자리였네 뭣이 씐 병신 육갑의 사랑, 그 생각이 범퍼를 들이박았네

아무도 없어서 널찍한 대로로 낙엽이 나뒹굴었네 아무도 없어서 가을은 최음제 향을 퍼뜨렸네 기상청에선 추위가 일찍 남하한다 했는데 아무도 없어서 계절을 망각한 잠자리였네 산란하고 싶은 듯했네 사랑하고 싶은 듯했네 원을 그리다 발 딛을 데도 마땅치 않은 속까지 찾

아든 생각이 나를 자빠트렸네 불꽃을 일으키며 콰앙

# 나를 지불하다

공복에 담배 한 대 피워 문다
내 배가 비어 가고 비위가 그 위에 얹힌다
술 한 잔 들고 시집 보면 좋다는 소설가 말에 혹해
밤마다 남의 기호 식품을 탐했다
슬픔을 제조키 위해 정성으로 홀짝거렸다
급기야 이미지는 없고 백색 종이만 빙빙 돌아
시야에서 글자를 지워 내는 술은 즐기기 힘들었다
이건 약과다 담배 문 여시인이 멋져 보여
상상을 꼬나물고 피워댔다
책 위로 떨어지는 담뱃재가 주어를 덮치고
형용사 부사 꾸밈말처럼 앞뒤 분간 못하고 난무했다
환각을 불러내면 그것이 으레 시로 데려다준다 했지만
내 일을 알 리 없는 식품은 실없는 소리조차 되지 못
했다
번쩍대는 상표와 포장지는 도움이 되지 못했다
로고와 색채가 부여된 완벽한 구문
상품의 명령이라도 기다렸지만 구원이 되지 못했다

그러고 보면 시는 때로
세상 동떨어져 얼마나 습관적 고결인가
시를 풍성히 해 줄 쓴소리
이왕이면 원소 같은 보이지 않는 것을 적어야겠지
결론에 다다라 혀 적신 알코올이 뜨겁게 목구멍 타고
내린다
꽁초 끝에 탄 연기로 부재가 번져 간다
미칠 것 같은 기분으로 숨통 끊어질 테면 끊어지라지다
지구는 돌고 나도 돈다
세포들도 몸속을 돌아 심장에 펌프질해 대고
어느덧 습습하고 쩌든 기운까지 먹어 치운 몸에서
무슨 계시처럼 이미지가 살아 나온다

한데 가라앉는 기분을 받아쓸 존재는 어디로 갔을까
뜨겁게 달군 육체와 나무렁이든 토막 형상이든
합쳐지길 바라보지만, 나는 어디로 갔을까
세상 물체들로만 채워져
온몸이 커다란 입이라도 된 양 쓰다

# 장한 일


겨울 한창이던 날 부부가 하는 냉면집에 들렀습니다 간 날 마침 '동계 휴가' 나붙은 문, 여름 한철 미어질 판이었으니 한겨울 노는 게 대수로울 리 없건만 닫아건 저쪽을 열어젖히면 불면으로 밤 이어 가던 부부며 포스 돈통 열던 손이며 냉기만 빼곡해 문 닫고 외지로 나가는 가게지 싶었네요


한참 전부터 뵈질 않던 아주머니 행방에 암말 않던 아저씨와 괜히 물어 본전도 못 찾은 내 난감함마저 떠올랐고요 정처 없는 기억이 보통 그러하듯이 저희 집 냉면이 누가 사라져도 모를 만큼 기똥차요 했던 날들 혀 내둘러 가며 찬 면발 가득 부어진 육수 빨아들이던 날들 자칭 누가 사라져도 모를 맛 그새 잃어버린 걸 알았습니다


그리워한 힘으로 사람은 돌아오는가요 필히 소식 듣겠다 하는 양 묻던 내게 되레 하등 관심 없다 무표정이던 아저씨, 어느 날은 처신도 없이 가겟집 담장에서 줄담배 태우는 모습이어서 땅바닥 보며 내빼던 나였네요

날 지목해 하는 인사 아니건만 약식 인사 같은 '동계 휴가'를 한참 뒤 짠하게 보고 섰으려니, 혼자 보기 아까운 장면입니다 저러다 문 닫는 경우 허다하다, 지레짐작 앞서가는 사람들처럼 혀를 끌끌 차는 봄비가 야단스럽고요 나지막한 담장이 '동계 휴가'를 장하게 막아섰습니다 정이월 다 가고 삼월 오도록 그래도 아주 사라지지는 않을 게다, 담장 너머 남 일에 걱정으로 가담하느라 한자리서 놀지도 못하는 동네입지요

# 허스토리
－장미나무 붉은 묵주


새끼발가락은 본디 사람의 뿌리였으므로
도망가지 못하게 내리찍은 건 흙의 소유주였다
올바른 보행이 흔들리고 뿌린 피는 땅으로 스몄으리라
냄새는 본디 생식 능력을 일컬었으므로
육우의 성기를 제거한 건 땅의 농장주였다
직립 보행이 흔들리고 찢긴 살은 땅으로 묻혔으리라


병석에서 책을 읽다 잠들면, 꿈에
수액 번친 잔가시가 더러 눈에 뜨이고
꽃이며 이파리며 뿌리 뽑힌 기관들이
어둑한 내 한구석에서 맹렬하게 꿈틀거리다 사라지곤
하였다
묘목의 생명은 채혈한 듯 고스란히 묵주로 들어갔고,
나는 엄마가 껴 준 묵주로 살다시피 하였다
문득, 딸내미 간병에 시달려 소파에서 짧은 낮잠 청하는
당신이 고사목같이만 보였다
한 오십여 년 목으로부터 늘어난 주름살은
온몸을 덮고 바닥으로 그림자 졌다

여자여, 판도라 상자는 그 옛날에 잠겼더란다
볼록한 정물은 매끄러운 형태로 고적하고 단정했지만
무궁한 시간을 지닌 목석이었다
빛 볼 수 없는 사지며 식물에게 성기인 장미꽃은
더 이상 꿈꾸지도 시들지도 않는다

고단한 당신이 눈 뜨시고 깨나면
단장하듯 머리 바로잡으며 해사하게 웃는다
당신이나 나나 가슴 뜨거워지는 장밋빛 꿈도 같으리
한 울타리 훌쩍 넘을 수 있는 화창한 목숨이란 거
태어나 처음으로 다 된 저녁에 깨닫는다
붉은 흉터 자리,
생의 판도를 뒤집을 수 있는 양 새살 돋느라
흙내 낀 고린내가 가까이까지 짙다

# 이(齒)

전에, 호의를 느꼈던 사람에게서 치과 치료에 대한 얘기를 들었다. 내 뻐드렁니에 대한 얘기는 함구했다. 엄마를 하나도 닮지 않은 얼굴에서 유일하게 판박이한 치열, 뜬금없이 여자 심벌 같다는 생각. 장래 어떤 변화가 오려고 또는 골이 나 그랬을까. 그가 알던 날 뜯어고치고 싶어, 인생 찬스를 맞이할지도. 결정 못 하는 내가 못마땅해 심벌로 낱글자 이(齒)를 정했다.

속 시원하지 않다. 한꺼번에 뽑는 걸 희망하니 의사는 죽는다며 만류한다. 겉핥기로 알고 있었나. 말했듯 이가 생사여탈권을 행사하다니 사기 협잡술 같다. 괜스레 속마음만 뻐드렁니처럼 뻗쳤다. 금세 불꽃 일고 타는 냄새로 에워싸이는 꼴, 깊이 박힌 영구치여서 이토록 몸서리 쳐지는지 금속음으로 조인 머리를 석션기가 빨아들인다.

피 흘리는 교체로 기력 빠진 오무래미. 살아생전 사교성 좋게 웃는 나, 나답게 웃는 나 돼 보려나. 이 구석진 곳에도 볕들 날 올 수 있다는 믿음으로 입속 핥아 보아도 어디가 아픈지 정확지 않다. 애옥한 집에 시집와 평생 옥니로 웃는 여자 때문인가. 환심 사려던 버젓이 환한 그 웃음이 아픔의 온상인가. 무언가는 유실되었다. 새어 나오는 발음으로 가까스로 말해 본다. 무기력하게 사지 벌리고, 마치, 온몸 뜨겁고 얼얼한 입으로 변한 듯이. 사랑해,

그대는 내 속의 것인가. 모를 속을 들어냈다.

# 경(經) 읽는 방

간만에 함께한 여자 선생님들과의 식사 자리, 구멍 애기가 나왔다 구멍 하면 출산이 떠올라 눈물난다 했다 나는 몸에 파인 홈으로 생각을 뭉뚱그려 맞추고 있었다 이따금씩 눈물이 별빛으로 부서졌다

여자들이 가진 별 하나씩인 의미를 나만 몰랐다 눈이 열리면 읽게 되는 경이 아니었다 몸이 열려야 읽을 수 있는 경도 있는 거였다 초경 완경의 경은 불경(佛經) 경과 같은 경, 일필(一筆) 경은 공경받는 활자였다 태고 이야기가 흘렀다 계곡 바람 소리가 들리고 별과 오채색 꽃이 흩날렸다 아, 아이를 낳아 본 적 없는 난 달짝지근한 꿈에 취해 잠귀로 설핏 목소리를 들었던가

암컷과 달리 오목하게 감싸인 여자들, 입술을 말아 올리고 오랜 동무처럼 딸처럼 웃었다 사랑을 말하는 구멍으로 웃었다 아늑하고 따뜻한 오목,

사랑해… 사랑해… 사랑해… 사랑해… 태아가 듣던 심

장 박동처럼 문득 반복되는 소리가 듣고 싶었다 거죽을
벗고 여자에게 꼭 끼는 몸으로 나 그만 딸려 들어가고
싶었다

# 피 빠는 여자

찬물 촥— 쏟네 마흔 넘어
피 묻은 팬티를 빨며 혼자 멋쩍게 엄마 색 생각하네
엄마가 좋아하던 빨강, 원피스
낱말 하나 붙였을 뿐인데 왠지 요염하게 도드라진 색
은 나 반기지 않던 거였네
어느 겨를에 마흔 넘기니 엄마 내력을 가진 게 좋아
빨강은 머릿속에 눈부시게 착색되었고
빨강 블라우스, 원피스, 하이힐, 급기야 속옷까지도
그려 보네

나 어릴 적 홀린 듯이 갖고 놀던 색깔엔 흰과 빨강 있
었네
지 에미 빨리 죽으라고 꽂는다며 어른들 체머리 흔들
었네
흰 핀 꽂고 빨강 구두 신느라 할머니께 들은 된 꾸중
갇히길 자처한 것도 아니건만,
어느 겨를에 금기된 색은 말라붙어 버렸네
본래 제 이름, 성 찾는 그 짝으로 빨강 힐은 다리 얽혀

나아가네
　지체(肢體)에서 세상 향해 끓어오른 핏덩이 색
　뒤축으로 밑을 찢고 태어난 색이네


　나 어릴 적 한때나마 영락없는 사내애로 포탄도 터뜨
리며 놀았네
　손톱 닳아지도록 짓이긴 나뭇잎에선 피 냄새 났네
　봉긋한 가슴 솟고 브래지어 채워질 쯤 되자 피는 내게
서 흘렀네
　깊은 곳 매설된 색깔의 오르가슴,
　달마다 아랫배로 피가 쏠려 나 이제 빨강을 흘리네
　내가 갖고 놀던 무기도, 내 몸 깊은 곳을 향해 쏘아진
포탄 같은 느낌도,
　인간의 죽음과 피도, 목격한
　나이가 되고 보니 어느 겨를에 알게 되었네
　어머니—

# 물이 눈으로 변할 때 사랑의
# 위험한 이쪽이 탄생한다


'고대 문명인 마야 제국 티칼 유적지에는 태양왕 신전에 얽힌 일화가 있다. 태양왕이 살아생전에 사랑한 왕비를 위해 자신의 신전과 마주하게 그녀의 신전을 짓고, 자신도 신전 밑에 묻혔다. 그리하여 매년 낮밤 길이가 같아지는 날 두 신전은 하나의 그림자가 된다.'


'고대 문명인 마야 제국 티칼 유적지에는…' 첫머리를 눈으로만 따라 읽네. 태양이 내리쬐는 원고에서 눈을 떼면, 이층, 삼층, 사층 지금 이곳은 눈으로 바뀐 세상이네. 불현듯 쓰던 원고를 박차고 나가네. 나는 눈송이로 별 모양을 말하던 당신을 생각하네. 눈 모양이 지문만큼 많다구, 강설이 쏟아지던 년도에 당신은 정지해 있네. 겨울은 이별의 구도로 앞장서 나가지 않고 눈 속으로만 들어오네. 눈에 이끌려 서점가를 산보하다 돌아오면 흥성거리는 저녁이 페이지에 들어와 노숙(露宿)하네. 세상의 분별이 무슨 쓸모랴. 허물어지네. 종각(鐘閣) 크리스마스 트리에 매달린 눈 결정이 빙글 도네. 기상학은 분간할 수 없는 세상을 원경으로 드리우네.

문면 너머 여기는 태양이 내리쬐는 변방이 분명한데, 버려진 문명이네. 누군가의 전생에 들어온 듯 태양력이 흐릿하네. 내생을 위한 신전을 에워싸며 낮밤이 흘러가고, 구름이 바뀌네. 석조만 수 세기 살아남을 거라는 사실이 존재하네. 어느 연대에까지 그림자는 겹쳐질 것인가. 땅에 엎질러진 물이 눈동자에서 증발하네. 물이 눈으로 변할 때 사랑의 위험한 이쪽이 탄생하네.

칠십육억 명 눈동자에 자본의 밀레니엄이 송출되네. 천 년 과업이 초읽기에 들어가느라 인파 속에서 시간이 거꾸로 세어지네. "삼, 이, 일!" 새 시대 문이 열리네. 전승을 축하하는 듯한 분위기에 휩싸여 행인들이 환호하네. 진땀이 배어 나와 눈을 감았다 뜨면, 시야 저쪽이 보이네. 붉은 태양이 뜨네. 수천 년 전 오늘이 겹쳐지네. 마야 여자가 부역을 나가는 시간, 멀리 아물대는 햇무리를 쳐다보자 망막에 크고 작은 상이 맺히네.

살면서 며칠 몇 달 몇 년의 그리움이 문자로 떠났다 돌아왔는가. 아아, 눈 내리네. 어쩌면 수천 년 걸친 한날

한시 만남이라 생각하네. 좁디좁은 내 방으로만 어지럽
게 땅겨 오는 눈 속에서 저쪽이 보이네. 혼돈과 사랑은
한 장 화폐인 양 짝패네. 사람을 잃고 중얼중얼 귀신처
럼 돌아다니네. 도대체 당신 있는 거긴 어디야?

# 아버지의 일리아스와 오디세이아

프랑스 작가 레몽 크노는 말했네
"모든 위대한 문학 작품은 『일리아스』이거나 『오디세이아』"라고
아— 모든 건 전쟁 그리고 가족으로 귀향하는 노래였네


1.

윤중로 벚꽃으로 설레네

벚꽃 구경하러 한강 다리 건넜네

나 아버지와 여의도까지 자주 걸어갔다 왔네 스물 몇 때 애인도 한강 다리를 좋아했네

나 이젠 절대 거기 안 가네 나와 아버지 젊은 날을 이었다 끊어 버린 다리

대낮인데도 광부(狂夫) 하나 영웅처럼 다리에 올라섰네


2.

초유의 민족사적 비극에 아버지 등장하시네

3년여에 걸친 전쟁, 400만여 명 사망자, 전 국토 파괴

나 어릴 적 아버지 자주 노래하시던 전쟁 언제부턴가 함구하셨네

귀 아프게 들을 땐 싫더니 아버지 귀먹으시고 말씀 뜸해지자 궁금해졌지

내쟁(內爭) 같은 국제 전쟁, 외전(外戰) 같은 동족 전쟁*

전쟁의 방아쇠를 누가 당겼는지 아버지가 언뜻 말씀하신 듯도 한데 난 영 기억 없네

아버지에게 미소와 남북, 좌우는 무엇이었을까

그때 38선이 그어져 6·25는 없을 줄 알았어 오남매가 뿔뿔이 흩어졌지

형은 인민군에 잡혀 가고 누나들은 폭격 맞아 우린 그 길로 집을 버렸지

피난민 대열에 끼었어도 어머닌 어린애처럼 만세 형을 불렀어

폭격과 총격을 받는데 무얼로 응사하겠어 후퇴 후퇴 정남쪽으로 갈 밖에

불타는 집과 시가지를 돌아보지도 않았어

우리가 떠날 때는 앞선 이들이 한강을 도하하고 교량을 파괴했어

건널 다리가 없어졌어도 건너는 게 사는 거였지

마침 한강은 꽝꽝 얼어 있었는데, 그래도 모든 걸 가져갈 순 없었어

누렁소를 끌고 나온 집 때문에 사단 날 뻔했지 얼음장이 꺼졌거든

사람들은 마치 포로를 본 듯 소를 쳐다봤어 굶지 않고 살아야 했어

동상 걸린 손으로도 살점을 끊기 위해 노획품 다발총 칼로 뱃구레를 찔렀어

사람들이 내쉰 입김과 소울음은 날카로운 파열음으로 얼어붙었어 우린 살아야 했어 살얼음에 자빠지고 밀치고 소를 향해 전진했어 누군가가 멈추면 모두가 넘어지는 거였지

사람들은 장갑차처럼 흉악하고 고사포처럼 비인간적으로 나아갔어

헝겊 뭉치에 쇠고기를 싸매 살 수 있었어 국토를 왔다 갔다 할 생각이 있는 한, 먹어야 했어

수복 직후 서울이 어땠는지 알아

헌병과 노획된 북한군 경장갑차, 원자탄 적힌 삐라가 흩날려도 무섭지 않았어

살아남았지만 배고파 혈색을 잃는 게 무서웠어

"궂은날을 당할 때마다 38선을 싸고 도는 원귀(寃鬼)의
곡성(哭聲)"***이 들린다 했어

　그 시절 피란민이면 누구나 알아

　형 만세의 고함 소리, 고함 한 번 못 지르고 떠난 누이
들 통곡 소리, 언 한강가에서 살점 발라진 소 울음, 학살
처형 곡성들

　부모 형제 가산 잃어 섧디설운, 전쟁통에 느끼는 집
가족 국가란 것들


**3.**

　윤중로에 벚꽃 흐드러지네

　벚꽃 구경하러 한강 다리 건넜네

　나, 아버지, 동생과 여의도까지 자주 걸어갔다 왔네

　자전거를 가르친다며 아버지 여의도 광장에서 동생을
태우고 밀었네 아버진 웃음 지으셨지만

　베테랑 운전수 동생은 이젠 거기 안 가네 동생과 아버
지를 이었던 다리

　돌아올 때는 피란민 음식을 먹으러 국밥집에 들어갔었네

* 정병준, 『한국전쟁 - 38선 충돌과 전쟁의 형성』, 돌베개, 2006.

** 金九, 「삼천만(三千萬) 동포(同胞)에게 읍고(泣告)함」, 1948. 2. 10.

# 달걀은 달걀로 갚으렴*

새 밥 해요 새해 들어 다 늦은 저녁 남자 선배에게
새해 다행다복하시고 이쁜 따님과 맛난 저녁 드시라는 문자를 했지
돌아온 문자는 자신은 식은 밥 먹고 딸들 새 밥 해주려 한단다
어제 사온 고기도 있고 해서…
새 밥이 잠깐 동안, 사람을 살찌우는 요리로 들렸네
참 이뻐라, 새 밥
찬은 꼭 있어야만 하는 존재처럼 밥에 얹혔네
윤곽 없던 시간이 대번에 둘로 쪼개져 노른자가 흘렀네

아버지 찬장 모서리에 달걀을 톡, 두드렸네
걷잡을 수 없이 달뜬 딸의 표정을 대수롭잖게 넘기며
먹어 봐라, 새 밥에 달걀 비벼 숟가락 꽂는 아버지
삶이란 힘껏 내지르지 않고 살살 두들기는 달걀을 앎이던가
도살 처분 와중에 35년 전 밥상은 차려지고,

방역 돌고, 헐하던 달걀 값 천정부지로 다시 솟고, 떠
들썩한 세월 돌고,
　철로와 헐벗은 언덕 민가들 허물어졌네
　굴다리 시장 끝에서 모두 한결같이 걸음을 빨리했네
　엄동설한에도 훔쳐 갈까 봐 넘볼 수 없게 불침번 섰다
는 닭장
　그 옛날 경제 지표는 이거였지 지금은 뒷전으로 밀려
난 달걀
　새알, 이게 돈이었지 아암,
　어머니가 안 계실 때만 보였던 밥반찬 레그혼 흰 알
　딱 묶어서 끄집어 가듯 시간이 가져갔네

　세월에 맞물려 상점가 한가운데 어정쩡하니 나는 있네
　환한 달걀 냉장고는 이따금 울고
　철로 굉음이 머릿골을 두드려 일거에 멍해지네
　일인 한 판 집어 들 때 해동하듯 아랫배가 사르르 아
파왔네
　나는 깨지는 풍경에 까발려져 있었네

먼발치로 떠나가는 열차 역광이 내 눈동자를 찔러 왔네

* 박완서, 「달걀은 달걀로 갚으렴」.

130

4부

# 여자는 촉촉하니 살아 있다

열 중 아홉은 사라진 사진 속에서 엄마 영정(影幀)이
나왔다
늘 나비 장식장에서 위용을 보이던 액자, 입식 생활로
잊혔던 거다
여름 한복 차림으로 박힌 여자는 천연덕스레 웃지만
짓누르던 유리가 쩡 금 간 걸 본 순간 기분 섬찟하게
누가 날 잡아챈다

나 십대 때 직장맘이던 엄마 나이 마흔, 한창이다
항간에 흔적 남기면 장수한다 하였을까
사진을 보고 누우니 꼴랑 사춘기라고 투정 부리던 딸
자식 형상이 어룽댄다
애무 받던 육체가 소멸되는 지점에 여자는 살아 있다

생계형 베이비부머 세대 내 젖엄마
일말의 관심 없었어도 옴쭉할 수 없이 핏줄로 당기는 밤
홍화색 갑사만 젖히면 고운 살결로 사랑할 여자, 그럴
진대 어디서 비롯한 영정이었을까

나만 중히 생각하고 여자 몸은 경히 여겼는지
나와 같은 브래지어 호크와 레이스 속옷도 짐작해 보
지 못한 사십 년,

이제야 머릿속으로 피가 뜨거운 어머니를 낳아 본다
활활 타는 죽음과의 교접에서
활활 여심도 꽃피울 여자를 구해 본다
어머니는 어머니, 라는
내 몸에서 오래되어 어기지 못했던 수천 년 여자의 계
명을 어겨 본다

밤새 여자들은 촉촉(觸觸)할 테니, 마음껏 적셔 보시라

# 공용 코인워시 24 빨래터

정적 찾아드는 밤 아홉 시 주택가 빨래방

어둠에 멱살 잡힌 부랑객이 고성을 지르고 통 속으로
뛰어든다

몸의 거뭇한 구멍을 들여다보듯

행인을 낚아챈 골목통을 들여다보면 전운이 감돈다

깊숙한 곳일수록 유리문 밖에선 더 선명히 보이는 곳

반경 몇 미터 내 사십 줄 접어든 여자와

웅녀처럼 오래전부터 앉아 있던 여자, 합 둘이 골목을
지켜본다


좁은 가게를 점령하는 것은 침묵이다

서로 아는 게 별로 없으니 전자동 빨래로 처리되는 시간

여섯 시 아무도 없던 텅 빈 곳은 퇴근 지나 발길이 잦
아들고

여자는 생활이 자꾸 비좁아지는 느낌이다

잡히는 윤곽은 통돌이 속 키가 후리후리한 옷들뿐

맞잡고 엎치락뒤치락 격전 치르며 생긴 맷집인가

피복류 엮여 돌아가는 게 다반인 인생사, 사정이 이럴

진대
  드잡이하느라 옷에 묻은 오염물과
  일가붙이와 이웃과 체면과 얼마만큼의 마늘을 생각하
느라
  표정에는 잠시나마 그림자가 스친다
  홑몸으로 그리 살려면 때려치우라는 강압이 들린다
  누구의 말마따나 단칼에
  시원찮은 부엌살림 내다 버리고 싶어도 신분 세탁은
쉽지 않다
  적당히 팔자타령해 가며 인고로 넘겨야 하는데
  세탁물에 이맛살 구김까지 전자동으로 돌리며
  매운 마늘을 까고 세월을 닦으며 할 말을 잃고
  오, 구하옵나니, 구원하소서
  원컨대, 아버지 저를 내치지 마세요, 입만 벙긋거린다

  죽기 살기로 얽히던 옷이 서로에게서 떨어져 나간다
  자신을 들여다보기 위한 시선이 통유리문에 고정되고
  대척에 앉은 여자와 뜻 모를 미소가 교환된다

유리문 밖으로 나오자 헝겊인 양 휘청대는 여자,

"눈에 보이지 않는다고 방심 마세요" 빨래방 현수막 아래로

쏟아진 달빛은 길 잃은 땅딸막한 개에게 달라붙는다

반사적으로 두리번대던 여자는 어둠에 갇혀 전방 유리를 주시한다

비밀리에 여자의 악몽이 들춰진다

한 꺼풀씩, 훌렁

# 나의 처녀막

수술대에 허벅다리 얹고 누웠을 때
요 근방에선 자궁 검사 받는 여자가 없었던지
가정 의원 간호사들 죄다 모여 마치
자신들 주재자인 신을 바라보듯이 조용해졌네
노파심인데 성 경험 없으시면 저흰 검사 못 해 드려요
대체 한국에서 처녀막이란, 여자 속 여자라도 있어야
하나
나 사는 세상 아닌 듯해 옴짝달싹 못 하는 골반에 힘
주고
당신이 하는 일 내 모르겠사오나 이왕 기꺼이 날 내어
드려야지요
촌각의 일순간이 빛으로 비치고
계시에 든 듯 미사 때 묵상이 두웅둥 떠갔네
넋 나간 처자 꼴로 있자니 나도 신의 속내를 일 센티쯤
찢고 들여다봤으면
아랫도리 전달되는 서늘한 알코올이 머리 들이미는 남
자로 느껴졌네
무심히 같은 눈으로 주름 조직에 숨어드는 시선이여

좌우간 신체란 신비는 생동이도다

보시기에 망측해라 파열된 특란이 있었나

죄 없는 자여! 돌로 쳐라

내방객이 닥치자 감춰야 할 시선들 음담 혐의 받은 듯
감춰 버리며

여자들 멀쩡한 일상으로 돌아가고 나도

과히 별문제는 없었네

침상 보이지 않는 생피를 닦아 가며 얌전한 몸을 착용
하였네

음모였을까 뒤늦게야 시대의 처녀막을 생각하는 내

홀딱 뒤집힌 정신 내 속으로 낳은 이 사산아 색끼

씹, 사랑하는 널 죽여 버리고 싶었네

반라도 벗겨 버리고 싶었네

# 아가씨들

편의점 매대에서 컵라면을 먹는
생면부지 여자들이었다
손해, 난민, 국가 내 불평등이 가져온 반목의 하나로
현지 시각 24일 영국의 EU 탈퇴(브렉시트) 결정이 실린
신문을 사며
근로 계약서도 쓰지 않는 우리나라
앞치마 두른 홍대 아가씨들 점심을 흘금거리며 보았다
지브롤터, 영유권 분쟁을 겪는 영국령 땅
스페인을 거쳐 갈 수 있는 곳이 이젠 가기 힘든 데가
되었다
세계의 신혼여행지, 하루 일만 명 노동자와 관광객이
몰리는 곳
대서양과 지중해 잇는 군사 요충지 해협 역사적 장소
트라팔가르곶(串)
날마다 점심을 저 아가씨들처럼 후다닥 해치운
소화 불량에 시달리는 여동생의 신혼여행지가
지면으로 하릴없이 펼쳐졌다

가을 무렵이면, 동생도 집을 떠나

　이베리아반도 남부에 있는 항구에 찾아갈 것이다

　북쪽으로는 스페인 안달루시아 지방과 맞닿고

　지중해 서안 해양성 바람을 맞는 땅

　남북으로 뻗은 바위산처럼 결혼의 단꿈이 솟고

　차를 타고 정상에 서면 지중해와 아프리카가 한눈에

펼쳐지는 곳

　장관을 보려는 수많은 관광객 중 나는 동생을 찾은 듯

웃었다

　일의 힘겨움과 그래도 버텨야지 달래던 가족을 떠나

　급선무인 업무와 출근을 잊고 가는, 거기

　그러나 신문에서조차 젊은이들 꿈은 판독해 낼 수 없

었다

　반대편 질러 가도 여전히 자본주의, 신자유주의, 공리

주의, 세계화, 인적 자본,

　민주주의, 자유, 평등을 외쳐야 하는 전 지구


　신문을 덮자 나는 갑자기 공허해졌다

밀치고 가는 사람들 속에서 먼 동생에게 손 흔들듯이
허허로웠다

편의점 젊은 아가씨들도 어느 날엔가는

저소득 지역과 집값에 따른 지지도와 학력별 순소득
률과

낮은 임금과 잠시 헤어질 기쁨으로, 이민자 국경 통제
를 넘어

딴은 세대로부터 자신을 구원하기 위해 바이 바이, 사
표 던지며 넘어갈 것인데

이 도시 수많은 편의점은 끼마다

천진무구한 사람을 어떻게 배불리고 있는지

잠깐 눈돌림에도 나는 어떤 절박을 읽은 듯 서서,

# 돌고래

살려 줘, 새끼 구하던 모성애 때문에
뇌파로 감지해 사람을 구한다는 게 돌고래였나,
방송 튼 날 똑딱대던 시곗바늘이 멈췄다
그 꿈이 풍랑에 밀려가지 못하면 어떡하나
용궁의 사술이어도 그 꿈을 실어 보내지 못하면 어떡
하나
혈 자리 짚듯 통증을 찾아낸다니,
고래(古來)로 중시돼 온 모성이란 꿈인가 사람은 어림
없는 것인가
포유류는 죽음을 역행하였을 것이다
공기를 공기로 들이마시는 움푹한 두 눈이 고기 눈깔
로 흐려진다
또르르 눈물 한 방울마저 바다 채널이 끌어당긴다


4. 20 -
그러고는 은은한 종소리가 퍼졌어요
돌고래가 지느러미 좌악 펼쳐서 나는 양 달려와 나를
감쌌어요

엄마 품에서 응가하는 아가처럼 몸에서 바닷물이 빠
지고,
나는 온기를 집에까지 가져가고 싶었어요

살려 줘, 아이들 필기같이 삐뚤빼뚤한 목소리가 수장
되었다
고래는 역경 뚫는 용맹이 용솟음쳐서 구했을까
맵시 있는 유선형 짐승은 고뇌가 없어서 구했을까
영문 모를 바다 활자가 눈동자로 들락거린다
물에서 냄새가 나나 코 벌름대 본다
물속에서 멍하니 뜬 눈 부라려 본다
사람을 쳐라! 물아, 패라! 눈동자 때려 부수라!
기적은 글자에만 임재할 뿐이로고

침몰된 육성이 TV에 방영되자 들끓던 볼륨을 껐다
울지 않았다 잠을 덜 잤다 글을 고수하였다
눈동자는 과거의 물덩이를 재방송하였다
고막을 막고 까막눈이 한글 배우듯

눈시울 뜨거워지도록 써 낸 물로 잠긴 물을 퍼내었다
현재엔 물밖에 없었다
땅뙈기에서 인간 교육을 받은 자
슬픈지고! 그 눈은 겨우 멍텅구리다

# 메이커 티

어느 날 전혀 가 보지 않은 길가에서
상호명이 메이커 티인 보세 옷 가게를 만났다
글 쓰네 하면서도 묘수의 상호명을 보며 놀랄 때 맨소
래담 냄새를 맡게 되었다
옷에 파묻혀도 밖으로 범람하는 서글픈 냄새가 툭, 날
쳤다
냄새에서 비롯된 것일까 그렇지만은 않으리라
슬쩍 보니 근육통은 아저씨 아닌 아줌마였다
현실을 자물통 잠그듯 잠근 저쪽의 세부 사항이
더없이 훤히 보이는 듯하였다
참 알다가도 모를, 여러 번 와 봤던 그런 생각이 들고

우리 공장집에서 만들던 속과 겉 다른
그해 유행한 메이커 카피한 보세 옷이 날 에워쌌다
철 바뀔 때마다 밀린 일감으로
언니 동생 모두 나가 소매 안감을 뒤집어 든 채 보냈던
유년

냄새를 맡자마자 쏟는, 심장의 피
단번에 귀퉁이를 홱 돌려 뒤집어야지
너도 시집가 봐라 자식새끼 먹여 살리는 설움
뼈저리게 알게 된다는 엄마 말
나는 오랫동안 거기 두 팔을 꿰어 쇄골과 가슴 온몸을
집어넣고 살았다
간판 해적판처럼 수선집이라고 써 붙인
엄마 상호명이 내 속에서 기괴하리만치 비대해져 있었다
미혹되지 않는다는 불혹 가까워도
나는 텄다, 누구 앞에서도 얼굴 빨개지지 않는
엄마 되려면 애당초 멀었다
원단 기름내가 팽팽히 긴장해 있다 언제고
무릎 아래 밑단으로 날 뒤집고 나올지 몰랐다
미싱집 딸년 몇 겹 천으로 싸고 동여매었다

맥박 소리에 귀 기울인다
뼈를 맞춘 옷은 지금도 냄새 뿜으려 몸 벌리고 있다

# 혼종

예명 확인 불가. 서류를 빤히 쳐다본다.

예술인 증명으로 난 누구냐를 재차 밝히란다. 난데없이 심인(尋人)이다.

예술가라는 경력엔 과거와 미래가 때 절은 누더기처럼 맞붙는다. 틈입 없는 현재가 언제 꿰매졌는지 몰라 태연히 난 누군가를 찾아 헤맨다. 무상거주사실확인서와 신분증 사본을 뚫어지게 본다. 인정하는 시간이 빙글 돌고 망막에 상하좌우가 뒤바뀐 상이 맺힌다. 공중에 붕 뜬 착각이 든다. 중력은 인간이라는 최소한의 느낌인데 왜 사라진 것인가. '가난의 냄새를 풍길수록 사람들은 멀어진다.' 오래전부터 글은 되지 않고, 파지에 적힌 그대가 날 빤히 쳐다본다.

오늘은 건강보험공단 직원에게 시인의 현실에 대해 속히 설명하고 돌아와도 죄다 비현실이다. '가난의 냄새를 풍길수록 사람들은 멀어진다.' 딴짓할 겨를 없게 할 요량인지 현실에서 추방된 귀신들이 제각기 모여드는 방. 지상에 발 못 붙인 무상 거주자; 성씨 없이 출몰하는 유령 작가; 이직을 밥 먹듯 하는 프리랜서; 걸식하는 잉여인간이 오래 머물 기색으로 좁장한 방구석에 한데 드러눕는다. 수세기를 넘어온 모래 알갱이가 사정없이 흩날린다. 춥다. 외풍이라고 애써 넘겨 보지만, 그대가 도처에서 나타나 제멋대로 돌아다녀서란 걸 안다.

미라를 감싼 영생의 천처럼 종이엔 수천 년 예술이 교차한다.
이번엔 그대를 어느 연대에서 만나고 돌아온 걸까.
나는 누구냐는 표정의 지난 세기 여자가
친형제보다 닮은 얼굴로 울고 있다.

# 코기토(cogito)
─미라 산모

 굴신을 못한 채 누웠네. 밑바닥 헹궈 설거지 그릇을
엎어 둔 듯 픽 쓰러진 몸으로 아랫배가 데워지길 기다리
면 태반과 탯줄을 달고 나올 때부터였나. 産달엔 그토록
여자가 아프다던데 자연사 박물관에 안치된 미라 산모가
된 기분이네. 가슴골을 대고 누우니 휑하니 뚫린 동공
으로 캄캄절벽 솟고 살가죽이 사라지고 자궁만 남은 선
대 몸이 바라다보이네. 아직도 못 다한 내 얘길 들어 주
오— 털끝 만한 실오라기 인연도 없는데 무슨 연유로 가
위 눌리고 헛배 불러 저 홀로 구슬픈 아낙 똑 나이며,
뭣이 보이는 듯이 그니는 낯선 땅을 나는 더께 뒤집어쓴
거리를 내다보나. 왕후가 아니라 전쟁터 아낙으로 방부
처리된 여자. 가엾어라, 등골 서늘히도 세상의 자궁에서
대번에 복원될 당신과 나란 존재. 장지(葬地)만 같은 이
저물녘 하많은 흐느낌 목 터지게 불러도 님 없는 영생
시간의 꿈일런가. 그 흔한 금반지 부장품 하나도 없는,
여자여. 한데 내 진실로 바라노니 홀로 슬퍼 말기를. 오
늘 밤 마음 죄이고 창자가 타 버린 당신을 양팔로 꼭 끌
어안고 왼 가슴으로 젖을 빨리며 살찌울 테니. 어미 혼

(魂)을 내가 뱉 테니 젖꼭지 문 아가여, 자장자장

# 상한(傷寒)

바람의 창대가 삼엄하게 꽂혀 있는 선착장

등 떠밀리다시피 하여 여자는 생판 모르는 곳에 도착해 있었다

여자는 오래전부터 자신이 싸움터란 걸 알았다 말과 말이 창과 검이 되어 불꽃을 튀겼다

모든 걸 반으로 나눠 가진다는 남자는 전의를 불사르며 빼앗으려고만 들었다

여자의 눈동자에 밤배가 띄워지고 삼목 선착장 시야가 탁해졌다

모래알 같은 혓바늘로 쉼 없이 말을 되씹어 보았자 물바람만 새어 나왔다

삐걱대는 나무 판자에서 시내로 돌아갈 막차를 죽치고

기다리며 목젖 바늘에 걸려 빼 보지 못하던 말을 게우고 있었다

너만 고결하냐 몹쓸, 잠시 목이 메었다 나오려던 말은 어떤 반발에 부닥쳐 있었다

물크러진 물고기 살점처럼 여태 목구멍에 걸린 건, 사랑인가

여자는 한참 뒤에까지도 제가 상한다는 실감이 없었다

너만 고결하냐 너만 고결하냐 너만── 열세에 몰린 여자를 엄히 다루는 고함이 귓전에 와 부딪쳤다

돌아보노니, 여자의 물음에 정체를 실토하기 시작한 말은 어느 전장에서 흘린 핏빛을 하고 있었다

# 파랑을 건너다

도수 높은 안경을 벗고 속성으로 여자의 눈을 그리는 동안
위 눈까풀과 아래 눈까풀은 만나 어색하게 웃는다
세상의 빛이 깜박 켜졌다 꺼진다 세상은 단지
눈동자로부터 시작된 구분
이 세상과 저세상의 헤어진 계절
바삭거리며 희끄무레한 그림자 질료들이 눈까풀에 달리고
수분과 말린 것,
그 둘을 붙여 하나로 만들려 나는 몇 분을 눈썹도 까딱 않는다
마른 나뭇잎이 마스카라에 말리자
약해진 시력 속으로 바람이 분다 딸깍, 장식함처럼 눈까풀을 닫자
치장과 액세서리로 오후 네 시 오십구 분이 완성된다

사는 게
이렇게 멍한 얼굴로 나앉은 흐리멍텅한 색감

귀고리에 빛이 비쳐 얼굴은 드문드문 선 나무처럼 흔
들거린다

어둠 속에 있다 빛 속으로 나온 얼굴이 구겨졌다 뜸
들인 후 펴지고

어지럼증처럼 잎사귀끼리 스치는 소리가 들린다


볼품없는 소극(笑劇)*이 되어 가는 삶에서

투명한 물이 떨어지고 홀가분해진 얼굴은

거울로 윤이 난다

물이 데일 듯 뜨거운 공기다

억지스럽지 않게 내 생의 채색도 바뀌어 올 것이다

갸웃이 열린 하늘, 침묵, 거대한 틈, 사이로 언뜻 보이
는 빛, 그림자…

한 끗 차이로 구름 행세를 했던 빗물이 다이빙한다




* 소극, 익살극(farce).

## 페티시(fetish)

툭, 터진 듯 말해 봐요

정전기가 다리에 감기는 얼마 동안 눈앞에 있던 그는 잊혔죠 감촉은 바람처럼 몇만 년을 불러와 홀딱 빠져들도록 눈을 감겼죠 얼마간 주의를 기울이자 이전에는 전혀 느껴 본 적 없을 만큼 전신이 스타킹에 말려들었죠 내 힘으론 무조건 항복예요

땀구멍이 덮이고 볕은 점차로 강해졌죠 스타킹은 외의이자 내의여서 태양이 옷 속에도 떠올랐죠 꽃무늬는 그곳에 꽤 어울려 이슬도 촉촉하게 묻었죠 향기 살포자가 된 장미꽃잎으로 우묵한 의식의 밑바닥이 열리고

꽃벌은 숨차게 꽃 둘레를 돌았죠 사나운 땅벌레가 새의 숨을 맞닥뜨리곤 팽팽하게 긴장된 남자의 근육처럼 튀어 올랐고, 부지중 난 울었죠, 아찔한 외줄타기 식으로 잠시 움찔대다가 오수를 즐겼죠

알고 본즉 여자여, 지구상에서 사랑받는다고 느끼는
동안만큼은 툭 터진 망사에 한쪽 발이 끼인 것도 몰랐
죠?

# 사이프러스식 사랑


꽃이 낭자해 이른 봄 다저녁때야
사윈 어둡고 유작집을 읽다 그와 헤어질 일 생각한다
인적 그쳐 징하게 길목 어둔가 봐
불과 이주 전 그와 거닐던 밤 수풀의 꽃떨기들,
꽂발 들고 잡으려 해도 떨어지는 소리들, 따가워
그립다 보니 버릇처럼 펴던 책을 자리 삼아 때 없이 잔다


먼 훗날 눈떠 보면 사이프러스 사이일 거야
내 사랑의 종착은 구릉진 들판 지나
방치된 묘지에 자란다는 수십 미터 사이프러스 숲일
거야
무모히 그를 잡겠단 눈물은 새끼 쳐 실뿌리쯤 심겼을까
하, 나의 한숨은 소로(小路)에…
독백이 된 사랑을 향해 이 밤도 흘러들 것 같아


밤에 말이야
사이프러스는 부부처럼 홀로 남겨진 시신을 살핀대
수십 세기 이녁을 저버리지 않는 사랑의 형상

못난 사랑은 세상 변해도 변경에서 자리 지키는 그런
거니까
  후에, 훨씬 후에 자취 없이 말랐거니 싶어 눈 번쩍 떠도
먹은 그렁그렁 고인 슬픔의 묘지

  한시도 그 없이는 못 살지만
  맘속으론 울고 눈이고 코고 입술로는 웃을련다
  달궈진 나무못 박아 입관된 사랑을 티 내진 않을련다
  사이프러스식으로 그이 주변에만 서성이던 내 사랑에
관하여

  언짢아는 말아 줘 꽃 따 안고 누운 훗날에도 나는, 오직
  그를 사랑함으로 사랑하겠네
  사랑을 뒤좇다 땅끝까지 파 내려가고 또 파 내려가고
말겠네
  숲속에서 묻는다 그대도 여태
  자신을 훨씬 넘는 키높이 사랑을 하느냐고

# 새 폴더

시 특강 후 어느 날, 단평을 부탁받아 만드는 파일
분류 작업으로 컴퓨터에 나열되는 새 폴더
필요한 건 점수별 두서넛 폴더인데
진종일 일로 바짝 목이 타 새 이름에 홀리고 있었다
어치 원앙 뜸부기 갈매기 기러기 솔개 밀화부리 까마
귀가 쏟아지고
이윽고 가슴속에 숨어든 양 가치작대는 깃털,
비비비 쫑쫑 디디 우는 새는 근심에 잠긴 세상 호흡과
얼마나 동떨어졌나
새를 적고만 싶었다

자율 주제로 시를 창작하시오

숲

**숲에서 사부작거렸다,**

다만 「숲」이라 적혀 있는 제출 시
참 볼품없는 한 줄을 미완성 글감이라 여겨
상상력을 시의 동력으로 삼자
고정 매뉴얼로 평가하려다 망설여졌다
막상 적이 못마땅한 내 시의 동력은 뭐였던가,
혼자 있는데 마음 틈을 비집는 더 먼 혼자에게로 가고
픈 나
평가 칸에 어치를 적어 보았다 그다음은 원앙 또 다음은
뜸부기 갈매기 기러기 솔개 밀화부리 까마귀를 적었다
새가 와글거리더니
오래전 살았던 둥구나무 한 그루 서고, 한 가지 휘어져
마음에 접붙고, 가슴이 품어 낸 수천 가지 수림으로
뻗쳤다
행간으로 숲 바람은 쇄 불다 잦아들었다
하, 마치 수만 개 말 중 연인들의 밭은 신음처럼
새가 날고, 오고,
서로를 재우는 은근한 공기가 고였다
인간 대신 목향이 공간 대신 풀숲이 일렁거렸다

맥없이 눈앞의 사물은 무너졌으나
저 너머 나무 꼭대기가 또렷이 바라다보였다

나직이 속삭여 보았다 나의 새야, 두려워 말고 어서어
서 날아가
고개 숙여 앉았어도 훨 훨 훨
너 있을 숲으로 활개 치는 나의 두 팔
난 진즉 알고 있었던 거다
내 사랑이 힘내서 땅 짚고 써 나가야 하는 일

# 샤먼의 고고학, 사랑의 천수관세음

이찬(문학평론가)

## '–되기,' 샤먼의 목소리와 고고학적 시간의 깊이

　김윤이의 첫 시집 『흑발 소녀의 누드 속에는』은 "불모의 땅에서도 자라는 사랑은 미칠 듯 가볍게 농익은 봄날로 뚝, 뚝."(「여인과 우유단지」), "가장 큰 슬픔은 언제나 빨간색/나는 둑방길에 처박혀도 태연한 척,/어른의 슬픔 아껴 먹었지 사실은"(「빨강머리 Anne」) 같은 형상들로 집약될 수 있을, 제 실존의 성장사와 교양소설의 모티프를 예술적 단자(monad)로 삼았다. 다음 시집 『독한 연애』는 시인이 끔찍하게 치러 낸 "사랑"의 고통과 절망의 화인들이 그 속살의 마디마디를 힘겹게 가로지른다. 이 시집을 묶던 그 시절, 시인은 세상에 존재하거나 존재할 수 있을 "사랑"의 무한한 양태들을 '–되기'의 무대 위에서 살아 보려는 마음결로 불타올랐던 것 같다. 아니, 그러지 않고서는 제 실존의 무게를 버텨 낼 수 없으리라는 비장감에 사로잡혔던 것이 틀림없으리라.

그리하여, "나의 훔쳐보기 〈일인칭도 이인칭도 아닌 나 Ⅱ〉 앞에서 뒤에서부터 읽어도 같은 데칼코마니 기법으로 그려도 되겠다 모든 것의 결말이자 시작 그 강한 염원의 집결력은 시간이다"(『어제의 세계』)에 살뜰한 구심력으로 응집된 저 비장한 마음결의 움직임을 보라. 이는 무수한 여성들의 삶과 사랑과 고통의 내력들과 그것에 배어든 시간의 마디마디들을 제 살갗으로 피어오르는 "비자흔"처럼 현시하려는 자리에서 온다. 어쩌면 "350만 년 전 최고원인인 루시"에게 제 몸과 마음을 더불어 봉헌하려는 자리에서 "그래, 오늘은 내가 루시다/오늘도 과거가 되살아나서 그렇다, 라 생각한다면 얼른/박물관으로 달려가 당신이 광적인 숭배물의 위치에서 당당하시도록/오, 한껏 눈물 나올 정도로 해피 데이!"(『루시와 나의 성(性)』)라고 시인이 외칠 수밖에 없었던 것 역시, 그녀의 실존의 역사에 켜켜이 잠긴 끔찍한 사랑의 "비자흔"에서 오는 것인지도 모른다.

김윤이의 이번 시집 『다시없을 말』은 지난 시집들의 미학적 등뼈를 이루었던 교양소설과 훔쳐보기라는 두 계열의 라이트모티프가 현란하게 엇갈리는 자리에서 태어난다. 저 두 갈래의 이미지 매듭들은 보이지 않는 뒷면에서 서로를 가로지르면서, 무수한 무늬들을 짜고 깁고 마름질하는 예술적 사유의 원천으로 깃든다. 『독한 연애』에 휘감겨 있었던 '−되기'의 연극적 몸짓이 제 '온몸'을 걸고 치러 낼 수밖에 없었을 샤먼의 몸부림과 같은 차원으로 전이되는 내면 풍경을 오랫동안 느릿느릿한 호흡으로 응시해 보라. 아니, 그 소름 끼치는 존재론적 전변의 과정을 좀 더 천천히 들여다보라. 『다시없을 말』은 '세상의 모든 연애'(전윤호), 그 무수한 사랑에 얼룩진 드라마틱한 선율을 현시하려는 몸부림에서 온 시집이기 때문이리라. 마치 샤먼이 된 듯, 시인은 세계 삼라만상에 깃든 사랑의 양상들과 무수한 희로애락의 그림자를 제 온몸으로 앓아 내려는 자가 틀림없기에.

굴신을 못한 채 누웠네. 밑바닥 헹궈 설거지 그릇을 엎어둔 듯 픽 쓰러진 몸으로 아랫배가 데워지길 기다리면 태반과 탯줄을 달고 나올 때부터였나. 産달엔 그토록 여자가 아프다던데 자연사 박물관에 안치된 미라 산모가 된 기분이네. 가슴골을 대고 누우니 휑하니 뚫린 동공으로 캄캄절벽 솟고 살가죽이 사라지고 자궁만 남은 선대 몸이 바라다보이네. 아직도 못 다한 내 얘길 들어 주오── 털끝 만한 실오라기 인연도 없는데 무슨 연유로 가위 눌리고 헛배 불러 저 홀로 구슬픈 아낙 똑 나이며, 뭣이 보이는 듯이 그니는 낯선 땅을 나는 데께 뒤집어쓴 거리를 내다보나. 왕후가 아니라 전쟁터 아낙으로 방부 처리된 여자. 가엾어라, 등골 서늘

히도 세상의 자궁에서 대번에 복원될 당신과 나란 존재. 장
지(葬地)만 같은 이 저물녘 하많은 흐느낌 목 터지게 불러도
님 없는 영생 시간의 꿈일런가. 그 흔한 금반지 부장품 하
나도 없는, 여자여. 한데 내 진실로 바라노니 홀로 슬퍼 말
기를. 오늘 밤 마음 죄이고 창자가 타 버린 당신을 양팔로
꼭 끌어안고 왼 가슴으로 젖을 빨리며 살찌울 테니. 어미
혼(魂)을 내가 밸 테니 젖꼭지 문 아가여, 자장자장

― 「코기토(cogito) ― 미라 산모」 전문


　"등골 서늘히도 세상의 자궁에서 대번에 복원될 당신
과 나란 존재."라는 구절에서 단박에 알아챌 수 있듯, 시
인은 수천 년을 거슬러 올라가 "미라 산모"가 되기를 감행
하고자 한다. 저 되기의 행위는 "자연사 박물관에 안치된"
전시품을 그저 완상하는 것으로 그칠 수 없다. 도리어 그
것은 시인과 "미라 산모" 사이에 놓여 있을 엄청난 시공간
적 거리를 뛰어넘어, "미라 산모"가 당대의 실존적 상황에
서 느꼈을 육체적 감각들과 더불어 이로 인해 생겨났을 희
로애락의 무수한 감정들을 시인 자신의 것처럼 느끼려는
자리에서 온다. 이 감각적 합일의 과정이 샤먼의 몸부림을
닮을 수밖에 없는 까닭은, 이른바 빙의 현상에서 볼 수 있
듯 화석화된 망자의 눈빛과 목소리와 몸짓을 바로 지금―
여기서 살아 꿈틀거리는 활물성의 존재로 되살리려는 시
도이기 때문이리라.

그리하여, "아직도 못 다한 내 얘길 들어 주오— 털끝만한 실오라기 인연도 없는데 무슨 연유로 가위 눌리고 헛배 불러 저 홀로 구슬픈 아낙 똑 나이며, 뭣이 보이는 듯이 그니는 낯선 땅을 나는 더께 뒤집어쓴 거리를 내다보나"라고 시인이 외칠 때, 이는 샤먼들이 행하는 접신술, 곧 해원굿에 육박하는 절실함의 깊이를 얻는다. 물론 "왕후가 아니라 전쟁터 아낙으로 방부 처리된 여자." "그 흔한 금반지 부장품 하나도 없는, 여자여. 한데 내 진실로 바라노니 홀로 슬퍼 말기를." 같은 대목들에서 시인의 페르소나(persona)와 "미라 산모"의 거리감이 도드라진 형세로 나타나는 것은 분명한 사실일 것이다. 그러나 이 거리감은 시인이 일관되게 수행하려는 '−되기'의 충실성, 샤먼이 불러오는 생동감과 절실함의 깊이를 훼손하지 않는다. 오히려 시인의 필사적인 진정성과 그 과정에서 감당할 수밖에 없었을 주화입마(走火入魔)의 위험과 긴장을 말없이 휘감는다.

따라서 이 시의 마지막 대목에 등장하는 "내 진실로 바라노니 홀로 슬퍼 말기를. 오늘 밤 마음 죄이고 창자가 타버린 당신을 양팔로 꼭 끌어안고 왼 가슴으로 젖을 빨리며 살찌울 테니. 어미 혼(魂)을 내가 밸 테니 젖꼭지 문 아가여, 자장자장"이란 이미지는 주화입마의 위험천만한 상황에도 불구하고, "어미 혼(魂)"의 세계로 들어가기를 자처할 수 있는 자만이 품을 수 있을 정직한 용기를 에두른다.

시인이 제 실존의 역사에 켜켜이 쌓인 "옛사랑"의 잔영들을 끊임없이 반추하면서, 이들을 바로 지금-여기서 살아 꿈틀거리는 감각의 일렁임으로 소환해 오려는 까닭 역시 이와 같다.

가령 "그때부터 되씹고 있다/오르가슴이란 말에 인도되어 사랑하면 물색없이 떠오르는 봉긋한 묘/겨우 몸 닿는 것이 아닌, 남아도는 시간 없는 몸의 끝/사랑 이후 죽음까지 훤히 보여 주는 결말/전속력으로 부서지는 숨!"(「사랑의 묘」) "힘줄 붙여 입던 굳은 몸을 벗기자, 홍조 띤 촉감이 살랑이며 돌아온다/숨죽이고 있던 키싱구라미가 살아나 그 부력으로 내가 가벼워진다/만 스무 살의 성인식인 듯 생생히/첫 에로틱이 이어지는 건 오랫동안 생의 신비이다"(「키싱구라미」), "온정신 토막 낸 사랑은 몸에 들러붙었다/불타던 기세, 높은 이빨에 박히던 그 밤의 벼락 느낌/하므로 껌은 온통 씹히는 생각 뿐이다"(「껌」) 같은 형상들을 보라. 그리고 이들을 당신의 살갗에 이는 소름처럼, 바로 지금 당면하고 있는 감각들처럼 생생하게 느껴보라. 지금 당장 이들이 곤두세우는 사랑의 감촉과 황홀한 숨결과 괴로움의 잔영들에 젖어들 수만 있다면, 당신은 김윤이가 마련한 '-되기'의 세계, 그 활물성의 감촉과 실존적 체험의 살을 어루만지는 현재진행형의 상황으로 접어들고 있는 중일 것이 틀림없을 테다.

## 자유간접화법: 알레고리와 메타문학의 방법론

이제야 머릿속으로 피가 뜨거운 어머니를 낳아 본다
활활 타는 죽음과의 교접에서
활활 여심도 꽃피울 여자를 구해 본다
어머니는 어머니, 라는
내 몸에서 오래되어 어기지 못했던 수천 년 여자의 계명
을 어겨 본다

밤새 여자들은 촉촉할 테니, 마음껏 적셔 보시라
　　　　　　　　　　　　　　　 ―「여자는 촉촉하니 살아 있다」 부분

시인이 비루하고 부조리한 이 지상의 삶에서 여성들이
겪어 낼 수밖에 없을 무수한 "사랑"의 양태들을 제 실존에
얼룩진 "비자흔"처럼 앓아 내려 할 때, 그것은 필연적으로
타인들의 말과 담론을 촉매 삼아 제 의지와 욕망과 행위
를 드러내려는 자유간접화법(free indirect discourse)을 동
반할 수밖에 없다. 따라서 「여자는 촉촉하니 살아 있다」에
등장하는 "이제야 머릿속으로 피가 뜨거운 어머니를 낳아
본다" 같은 아나크로니즘(anachronism)의 문양이나, "어머
니는 어머니, 라는/내 몸에서 오래되어 어기지 못했던 수
천 년 여자의 계명을 어겨 본다"라는 여성성의 혈통과 계
보에 내속되어 온 집단 무의식의 편린들이 나타나는 것은

무척이나 자연스럽다. 결국 시인은 제 실존이 치러 낼 수밖에 없었을 무수한 "사랑"의 고통, 그 "비자흔"의 얼룩들을 사사로운 개인적 경험으로 가두려 하지 않을 뿐더러, "수천 년 여자의 계명"이라는 집단적이고 사회적인 차원의 문제, 곧 계통 발생적 무의식의 차원으로 넓혀 보려는 마음결의 벡터를 품고 있기 때문이리라. 따라서 이 시편의 대미를 장식하는 문양들인 "밤새 여자들은 촉촉(觸觸)할 테니, 마음껏 적셔 보시라"는 "어머니"라는 말로 표상되는 무수한 여성들의 삶의 굴곡선들, 그 희로애락의 만상들을 마치 제 것처럼 말하고 느끼고 전유하는 자유간접화법의 세계로 나아가겠다는 것을 공표하는 일종의 선언문인 셈이다.

"나 세월을 더듬어 대대손손 여자를 터득한 책이 되었네. 그 누가 세월을 후히 베풀어 젖은 몸의 서사가 되었고 그 누가 없어 꽃피워 보지 못한 금서가 되었네. 사람이 나를 잊자 얼굴은커녕 발목도 잊혔네. 입술을 축이며 차렵이불 속에서 혈흔처럼 빨간 줄 그었네. 어두컴컴한 내 속이 통어(統御)할 수 없이 조여들었지. 속세의 사람이 날 잊었으므로 시든 꽃을 못 버리는 꼴로 남아 못내 못 여민 꽃시절 지니고 그 시절일 리 없건만 자꾸만 비집고 들어가 달궈 놓은 몸을 얹었네. 귓볼에서 목덜미까지 열기가 피고 별과 달과 한 여자가 울어 볼 만한 밤으로 화(化)해 버렸네. 빨간 실로 연인은 묶인 채 만난다 했지만 한평생 이야기 속으로 몸

감추는 삶도 있지. 희희낙락 농락도 우스워진 나이여, 한갓 피조물 책을 값지게 할 이 누구냐. 나를 만지지 마시게, 만지지 마시게."(「통하다」 부분)

　"나 늦여름 빗소리에 잠 깨어 들은 얘기는 지귀(志鬼) 설화였는데, 지귀는 뜻을 품은 귀신이라지/무어에 홀린 듯 비만 오면 혼이라는 소리에 홀리네//천민이었던 지귀가 선덕여왕을 사모했다는 얘기/불공 드리는 왕을 가다리다 탑 밑에서 잠들었다는, 사모의 마음으로 심화(心火)가 일어 탑마저 불태웠다는 그 얘기/『삼국유사』에 나온 얘긴 줄도 모르고 살다가 어느 날 알게 된 홑이불을 혼이불로 듣게 한 얘기였던가"(「파국」 부분)

　"화폭이 담배 연기와 사람들로 꽉 막혀 있었다/카페테리아 벽면 〈Nighthawks〉를 눈으로 더듬으며 나는 건성으로 그의 말을 듣고 있었다/그가 말하는 특별한 관계란 식으로/귀엣말 속닥이는 남녀와 발라드가 우리 사일 참견하고 있었다/이웃한 남녀 웃음이 멍한 정신과 뒤엉켜 나는 바람에 카운터에 쌓인 찻잔을 우리의 초상화로 앞당겨 보고 있었다//앉아 있기가 영 불편한 의자, 현재가 튀어나온 구상화 같았다//나는 마치 상감 세공된 액자의 누군가인 듯/사랑의 음각으로 들어간 이별 남녀를 눈으로 더듬고 있었다/그는 내 딴생각을 알아채고 얼굴에 맞지 않는 슬픔을 덧칠하고 있

었다 하지만 여태 남은 밑바탕이 얼굴 밖으로 빠져나오고
있었다/째깍째깍, 현재는 저마다 다르게 흩어지고 있었다"
(「발견」 부분)

「통하다」에 아로새겨진 "나 세월을 더듬어 대대손손 여
자를 터득한 책이 되었네"는 김윤이가 '—되기'의 존재론과
고고학적 활물성의 무대로 나아갈 수밖에 없었을 필연성
의 행로를 암시한다. 이는 또한 시인의 적지 않은 시편들
에서 무수한 책과 이야기들이 차용되면서, 그 안쪽에 주
름진 다양한 담론과 에피소드들이 시인의 실존적 육성과
겹쳐 울려 나는 자유간접화법이 등장할 수밖에 없는 연유
를 공개적으로 선언한다. "담론 안에서 자유로운 것으로
나타나는 배치로써, 하나의 목소리 안에 있는 모든 목소리
를, 카를루스의 독백에서 젊은 여자들의 광채를, 언어 안
에서 언어를, 말 안에서 명령어를 설명해 주는 게 바로 이
것이다."*라는 말처럼, 자유간접화법이란 그 모든 일인칭의
발화 상황에 깃들일 수밖에 없을 타자들의 목소리, 곧 만
인들의 언어 수행 상황에 반드시 들러붙게 되는 타자들의
감각과 사유와 담론을 전제하는 용어이기 때문이리라.

　이와 같은 자유간접화법은 「통하다」 「파국」 「발견」 같은
인용 시편들에서도 거의 동일한 방식으로 관철되고 있는

* 질 들뢰즈·펠릭스 가타리 지음, 이진경·권혜원 옮김, 『천의 고원』, 연구공간
　너머, 2000.

듯 보인다. 「통하다」는 다자이 오사무의 소설집 『쓰가루·석별·옛날이야기』의 일부를 차용하고 있으며, 「파국」과 「발견」은 각각 『삼국유사』에 나타난 "지귀설화"와 에드워드 호퍼의 그림 〈밤새는 사람들(Nighthawks)〉의 라이트모티프를 활용하여 새로운 내러티브의 공간을 축조한다. 이렇듯 이 시집에서는 구체적인 예술 작품이나 무수한 서책들에 담긴 모티프들을 다채롭게 활용한 시편들이 서로를 비추는 여러 겹의 거울들로 더불어 겹쳐 울려 난다. 또한 이런 상호 공명의 현상들은 이 시집을 자유간접화법과 알레고리와 메타문학의 방법론이 강력한 구심력으로 들어박힌 예술적 짜임새로 빚어 놓는다. 인용 시편들처럼 구체적인 예술 작품을 차용하지 않은 경우라 하더라도, 이 시집의 거의 모든 시편들은 작은 이야기의 매듭들이 얼기설기 얽혀 있는 다변과 요설의 품새로 이루어져 있기 때문이다.

어쩌면 자유간접화법을 자유자재로 활용하려는 시인의 욕망은 제가 겪어 낸 "사랑"의 고통과 "비자흔"의 무게를 타인들의 그것에 되비추어 자기 치유를 도모할 수밖에 없었을 내밀한 무의식의 무대에서 오는 것인지도 모른다. 그리고 그것은 필연적으로 알레고리의 문양들을 수반할 수밖에 없었을 것이다. 그렇다. 『다시없을 말』은 알레고리를 예술적 구도의 중핵으로 삼는다. 그러나 그것은 '인물, 행위, 배경 등이 표면적 의미와 이면적 의미를 모두 가지도록 고안된 이야기'로 정의되는 알레고리의 일반론적 규정을 넘어설 뿐만 아니라, '특정한 개념으로 환원될 수 있는 표현 대상'이나 '기성 관념과 지식의 개념적 도해' 같은 괴테적 의미의 알레고리 개념으로도 수렴되지 않는 것 같다. 오히려 『다시없을 말』이 품은 새로움의 참된 빛은 벤야민이 상징과 알레고리에 대한 괴테의 위계적 개념 규정을 전복하면서, 현대인들의 파편화된 실존에 깃든 야만적 현실과 교양이라는 허위의식을 폭로하려 했던 바로 그 자리에서 쏟아져 내리는 듯 보인다. 이는 또한 시인이 제 살갗으로 체험했던 사랑의 좌절과 성장의 실패와 교양의 환멸감에서 기원하는 것이 분명하다.

벤야민에 따르면, 예술 작품에 있어서 알레고리의 침투는 상징이 전제하는 '유기적 총체성'의 신화를 아름답게 윤색된 허구적 가상의 자리로 끌어내릴 뿐만 아니라, '예술적 법칙성에 대한 고요함과 질서에 대한 무단 침범'으로 기능한다. 또한 저 스스로가 '아름다움을 넘어서' 현대인들의 비루하고 황폐한 실존을 들추어내기 위한 존재임을 고백하는 것이기도 하다.[*] 따라서 이런 추정이 가능할지 모른다. 김윤이는 자유간접화법으로 일컬어지는 타인들의 말과 이야기에서 제 실존의 곡진한 목소리들이 겹쳐 울려나는 혼종성의 무대를 마련했을 뿐만 아니라, 이를 통해 '무언가 다른 것을 말하기(other speaking)'라는 뜻을 품은

[*] 발터 벤야민 지음, 김유동·최성만 옮김, 『독일 비애극의 원천』, 한길사, 2009.

174

그리스어 '알레고리아(allegoria)'에 적확하게 부합하면서도, 그 테두리를 초과하여 제 실존의 자잘한 이야기들이 소곤대듯 재잘재잘 펼쳐지는 기이한 이미지들의 숲을 창안하고 있는 중이라고.

이 시집의 알레고리가 값질 수밖에 없는 까닭 역시 저토록 자잘한 이야기들의 향연, 그 마디마디에 숨겨져 있는지도 모른다. 달리 말해, 김윤이의 알레고리가 품은 매력과 위의는 제 실존의 찢김을 정직하게 대면하면서도, 그것을 딛고 일어서려는 처절한 몸부림으로 버둥거리는 자리에서 온다는 것이다. 이와 같은 실존적 맥락을 품고 있지 않은 그저 그런 형식 실험으로서의 알레고리란, 재빠른 유행이나 뒤좇다 사라질 또 다른 상투성에 지나지 않을 것이 자명하다. 김윤이의 알레고리 이미지들이 다소 장황하고 수다스런 내러티브로 이루어져 있음에도 불구하고, 참된 광휘를 내뿜을 수밖에 없는 까닭 역시 저 자신의 처절한 실존의 그늘을 필사적으로 대면하려는 자리에서 온다. 그리하여, 저 그늘마저도 "사랑"할 수 있을 운명애로 나아가려는 자리, 그 지독한 희망의 감각을 되찾으려는 몸부림의 시간들에서 온다.

"당나라 이야기에 이혼기(離婚記)가 있소. 왕주와 천랑이라는 남녀가 사랑했소. 한데, 아버지가 딸을 혼인시키려고 했답니다. 그건 아니지 않소. (…) 그런데 장인 왈, 딸은 왕주가 떠난 뒤부터 병자로 누워 깨어난 적 없는데 뭔 소리냐 했답니다. 천랑이요. 육을 버린 영만으로 찾아간 거라지."(「영통」), "사랑이 다할 가을 초엽 당신 알려 주었지요 레테 강물 마시면 환생 때 전생 기억 모두 잃고, 므네모시네 물을 마시면 전생이 되살아나는 시간의 손실과 이득을 말하였지요 그 후론 나 모르던 강과 평원 되뇌었지요"(「레테와 므네모시네」), "오르페 뒤 유리디체만큼 절 닮은 사람도 없어 보이는군요. 당신과의 거리가 좁혀지지 않으니 방은 신화의 형상을 갖춰 갑니다. 왠지 당신은 오르페처럼 장난질하는 운명을 벗어날 거라고도 생각해요. 젖 물리는 여자처럼 날 따뜻이 품으리라고도 생각하죠. 무엇이 우리 명(命)을 다하게 하나요."(「여자, 유리디체」) 같은 이미지들을 보라. 이들의 거죽을 타고 흐르는 우울과 환멸에도 불구하고, 제 운명에 드리운 불운과 저주와 곤욕마저도 "사랑"하려는 투지를 잡아챌 수 있다면, 시인이 벤야민의 알레고리 미학, 또는 메타문학의 방법론으로 나아갈 수밖에 없었던 그 실존의 행로를 단박에 알아챌 수 있을 듯하다.

어쩌면 시인은 제가 겪어 낼 수밖에 없었던 "사랑"의 고통과 좌절을 극복하기 위한 실존적 자기 치유의 한 방법으로서, 세상에 존재할 수 있을 만인들의 "사랑"을 빠짐없이 수집하고 그것 모두를 살아 보는 길을 택한 것인지도 모른다. 결국 두 번째 시집 『독한 연애』에서부터 나타나기 시작한 김윤이의 알레고리와 메타문학의 방법론은 이번 시집의 미학적 정수로 고스란히 이어질 뿐만 아니라, "사람들은 내 밖에서 조용히 엿듣듯 지나가고/나는 풀과 가축들 냄새를 맡으며 장면처럼 흔들리고/운명은 날마다 공중제비를 해/윤회하는 인생이 날 사랑에 빠뜨리겠네"(「사랑의 블랙홀」)로 표상될 수 있을 운명애로 진화한 것처럼 보인다. 그리고 그것은 현실적 시간의 마디들을 잠재적 차원으로 뒤바꿔 바라보려는 존재론적 기투, 곧 아이온(Aiôn)의 시간으로 제 실존의 내력과 자잘한 체험의 매듭들을 반추하는 과정에서 마련된 것으로 짐작된다.


## 주름, 운명론적 사유와 아이온의 시간

돌이켜 보면 치매 걸린 외할머니 임종을 못 지킨 일이 걸린다. 캑캑

생선 가시처럼 틀어박힌 일들은 날 뚫고 나오지 못한다.

뭣도 필적하지 못하는 시간에 내가 들어가 눕듯이

과거는 이모가 트럭 사고로 식물인간으로 눕게 된 시간으로 뚝 떨어진다. 캑캑

뜨뜻한 병원 공기가 무표정한 얼굴을 스친다.

캑캑, 이번엔 만삭 엄마가 일 나가던 폭설 길을 함께 걷고 있다.

손을 꼭 쥔 그녀를 느낀다. 운명처럼 그녀와 나란히 걷다가

돌아보니 그와 뻔질나게 드나든 골목에서 과거는 나만

퉤, 뱉어 놓는다.

그래, 그와 나는 축축한 틈바구니까지 가 본 적 있다.

과거는 막다른 구석보다 더한 틈새였던가.
시름시름 앓았을 때 할머니 개떡을 먹던 아랫목,
아침나절부터 부엌 찬장에서 꺼내 먹던 해남 이모 쥐포,
삼십 해 지나 만삭인 동생, 헐려 버린 골목의 느티나무와
자갈담장…
무엇인가가 끝나지만 뻔한 애정사가 틈을 메워 간다.
이제 돌아가야 하는가. 나는 머리를 돌린다, 캄캄하구나.
한 번도 입을 닫지 않은 시간의 아가리.
                                    —「과거 외전(外傳)」부분

"과거 외전"이라는 표제어에 주름진 것처럼, 이 시편은
제 실존의 늪을 건너 시인이 여성성이란 말로 누대에 걸
쳐 내려온 무수한 습속들과 물질적 흔적들과 표상 체계들
을 고고학적 시간의 깊이 속에서 탐사할 수밖에 없었던 배
경을 암시하고 있는 듯하다. 표면적인 차원에서 그것은 '본
전에 빠진 부분을 따로 적은 전기' 또는 '정사(正史) 이외의
전기' 같은 말들로 풀어낼 수 있을 "외전"의 사전적 정의
에 적확하게 부합하는 작품처럼 보인다. 그러나 맨 뒷자락
에 가로놓인 "이제 돌아가야 하는가. 나는 머리를 돌린다,

캄캄하구나./한 번도 입을 닫지 않은 시간의 아가리."라는 구절을 골똘히 들여다보면, 「과거 외전」은 애잔한 실존의 그림자들을 고즈넉한 회감(Erinnerung)의 차원에서 읊조리는 작품이 아니라는 사실을 어렵지 않게 알아챌 수 있다.

그렇다. 「과거 외전」은 개인사의 자잘한 에피소드들을 나열한 작품이 아니다. 도리어 지금-여기, 시인의 현 사실성을 구성하는 그 모든 삶의 관계들과 배치들을 되짚어 보면서, 그 안쪽에서 전혀 다른 현실이 되어 나타날 수 있었을 잠재성의 마디들을 거죽 위로 펼쳐놓는다. 그리고 이렇게 읽을 때에만, 이 작품의 한복판에 풍크툼(punctum)의 화살로 들어박힌 "운명처럼 그녀와 나란히 걷다가/돌아보니 그와 뻔질나게 드나든 골목에서 과거는 나만 퉤, 뱉어 놓는다."의 옹골찬 마디들을 잡아챌 수 있다. 또한 이 구절에 침묵처럼 스민 지독한 운명애의 드라마를 직감할 수 있을 것이다. 물론 이 시편의 앞면에 도드라진 형세로 드러난 것은 "치매 걸린 외할머니 임종" "이모가 트럭 사고로 식물인간으로 눕게 된 시간" "만삭 엄마가 일 나가던 폭설 길" "할머니 개떡을 먹던 아랫목" "부엌 찬장에서 꺼내 먹던 해남 이모 쥐포" 등등의 시시콜콜한 사건들이다. 그러나 이들을 하나로 꿰는 구심력의 배꼽은 "과거는 나만 퉤, 뱉어 놓는다."로 표상되는 전혀 다른 시간의 가능성과 그 사건의 계열들에 대한 충실한 응시에서 온다.

이렇듯 시인이 제 실존의 역사를 되돌려 보면서, 제가

가진 정념의 끝을 다해 과거의 특정 장면들과 끊임없이 마주치려는 까닭을 "한 번도 입을 닫지 않은 시간의 아가리"라는 마지막 구절에서 찾아낼 수 있을 듯하다. "한 번도 입을 닫지 않은"에 담긴 개방성과 불확정성의 뉘앙스가 암시하는 것처럼, 그것은 과거의 특정 장면들에 집요하게 달라붙는 어떤 원한(ressentiment)의 감정들을 토로하기 위한 것이 아니다. 오히려 그것은 이미 돌이킬 수 없는 시간의 매듭들에서 좀 더 괜찮게 살 수 있었을 방향과 선택지를 찾기 위한 절박한 몸부림에 가깝다. 이를 통해서만 시인의 몸과 마음을 송두리째 진창으로 밀어 넣었던 원한의 시간들에 대한 망각의 자발적인 승리, 이미 일어난 것을 다시 욕망할 수 있는 지독한 긍정의 드라마, 그리하여 그 모든 '그러했다'를 '바로 그렇게 되기를 내가 원했다'로 뒤바꿀 수 있을 운명애(amor fati)에 다다를 수 있기 때문일 것이다. 아니, 시인은 저 진창을 나뒹구는 값비싼 대가를 치러낼 때에만, 제 생(生)의 한가운데로 운명애가 찾아들 수 있으리라는 그 곤욕스런 마주침의 진실을 누구보다도 충실하게 자각하고 있기 때문이리라.

따라서 이 시집 곳곳에서 엿보이는 운명론적 사유는 어떤 결정론에 대한 승복이나 체념의 감정에서 비롯하는 것으로 볼 수 없다. 그것은 차라리 시인이 제아무리 발버둥쳐도 벗어날 수 없는 제 삶의 행로와 인연의 선들을 수용하고 사랑하고 긍정하기 위한 분투의 과정에서 태어난 것이기 때문이리라. 그러하기에, 그것은 역설적으로 시인 자신이 어쩔 수 없는 운명처럼 살아 냈던 과거의 시간들에서 전혀 다른 미래의 삶을 살아갈 수 있을 가능성의 터전을 마련하기 위한 희망의 씨앗 같은 것인지도 모른다.

　"피차 알 수 없는 인생사, 이래 봬도 애정이 무르익어 금낭 속 명경을 품던 남녀의 도취경 같았는데, 내 영원은 순간만 같았는가. 백발성성하여 고왕국 분묘까지도 함께할 수 있었는데, 순간은 영원으로 오갔는가. 내 세상은 파장한 매장처럼 더 이상 흐르지 않는 시간이었네. 너의 행동, 너의 웃음, 너의 옷차림, 널 흉내 낸 시간, 사랑은 주객을 전부 뒤집었지. 그러고 보니 널 마지막 본 게 나로군. 경! 너인 난 누군가. 사랑도 몸이 다 되면 죽는 겐가. 유리, 알루미늄, 청동, 주석, 은으로 돌아가려는 시간을 앓네. 이대로 정신을 놓는다면 어쩔지. 누군가의 발소리가 내 속으로 걸어 들어오네. 조명이 느닷없이 온몸에 터지네, 쩡─"(「경」 부분)

　"책 펼치고 대답을 따라 하자 초침이 흘러간다. 분침이 흘러간다./힘써 지키지 않았는데 대단 찮은 나이에 이르러, 돌이킬 길 없어라. 자서 세 권 낼 때 되니 시간이 대갚음처럼 가진 것 없어도 중년 유명세 없어도 중견이다. 뉘우칠 길 없어라. 관절이든 골수든 정처 없는 영혼으로만 채워지지 않길 비는 밤 기어이 울컥 복받친다.//엔트로피가 증가하며 모든 건 흩어진다. 멍한 머릿속 그를 사칭한 체취와 두런거림은 흩어지지 않는다. 기억의 모략으로 그대로 있다. 공간 좌표 어디쯤에 나는 현재로 있다. 체중과 신장이 줄어든 몸만 중년으로 자청해서 들어간다.”(「중반」 부분)

 “한때는 뉘집 귀한 여식이었을 엄마들 뒷바라지하느라 불려 보지 못한 이름이 활짝 피었고요. 살아 올바로 호명 않던 날 책망하였지요. 암요. 엄마, 라는 부름이 거짓 신앙고백 같고 지그시 눈 감은 한 여자 두고 눈가가 주름진 두 사람을 본 듯하여 누구에게라도 고해하고 싶었습죠. 그가 내 이름자 불러 준 날도 이름의 깊이가 종일 온몸에 파고들었더랬죠. 살갗에 대고 나를 깨워 울게끔, 같은 이름이나 평소와 판연히 다른 희(姬)였더랬죠. 토씨 하나 틀리지 않고 반복해 달라 할 나입죠. 재삼재사 고해함으로써, 이제는 주름진 여자들을 조금쯤 시들게 해 주고 싶지요.”(「희(姬)」 부분)

 시집 곳곳에서 추려 낸 인용 구절들에는 우리가 통상적으로 지각하는 시간과는 다른 시간의 깊이가 여울져 있다. “순간은 영원으로 오갔는가. 내 세상은 파장한 매장처럼 더 이상 흐르지 않는 시간이었네”(「경」), “기억의 모략으로 그대로 있다. 공간 좌표 어디쯤에 나는 현재로 있다. 체중과 신장이 줄어든 몸만 중년으로 자청해서 들어간다.”(「중반」), “그가 내 이름자 불러 준 날도 이름의 깊이가 종일 온몸에 파고들었더랬죠.″(「희(姬)」) 같은 형상들에 집약된 것처럼, 그것은 연대기적 순차성의 시간이 아니다. 오히려 과거와 미래의 그 모든 잠재적 가능성이 현재의 순간으로 달려드는 중첩된 시간일 것이다. 달리 말해, 그것은 이미 지나간 과거와 아직 도래하지 않은 미래가 현재의 시점으로 휘말려 들어오는, 비동시적인 것들이 동시적으로 공존하는 시간이자 이들의 중첩 현상으로 이룩된 시간이라 하겠다.

따라서 인용 시편들을 타고 흐르는 시간은 과거→현재→미래로 연쇄되는 물리적이고 직선적인 시간이나, 특정 주체의 연대기적 연속성이나 내면적 동일성에 의해서만 명료하게 확정되고 구획될 수 있는 시간인 크로노스(Chronos)의 차원으로 수렴될 수 없다. 이들은 현재적 시점 내부에서 작동하는 과거와 미래의 흔적들이자 아직 현실화된 것은 아니지만, 언제 어디서든 현실적 사건들로 나타날 수 있는 잠재성의 시간, 곧 아이온(Aiôn)을 제 바탕으로 삼고 있기 때문이다. 또한 이 시간을 지배하는 것은 결코 일인칭 주체 "나"일 수 없다. 인용 시편들에 나타난 "나"는 각각의 주어진 상황들에서 능동성의 지위를 행사하는 것이 아니라, 오히려 "나"의 의지와는 무관하게 도래하는 운명선의 굴곡을 수동적인 자리에서 그저 맞이할 수 있을 뿐이기 때문이다.

더 나아가, 이와 같은 잠재성의 시간적 매듭들에서 과거

와 현재와 미래로 표현되는 시간성의 마디들은 결코 일인
칭 주인공 시점으로 수렴될 수 없다. 매한가지로 어떤 한
개인의 의식으로 독점될 수도 없다. 가령 "내 세상은 파장
한 매장처럼 더 이상 흐르지 않는 시간이었네. 너의 행동,
너의 웃음, 너의 옷차림, 널 흉내 낸 시간, 사랑은 주객을
전부 뒤집었지."(「경」), "엔트로피가 증가하며 모든 건 흩어
진다. 멍한 머릿속 그를 사칭한 체취와 두런거림은 흩어지
지 않는다. 기억의 모략으로 그대로 있다. 공간 좌표 어디
쯤에 나는 현재로 있다."(「중반」), "그가 내 이름자 불러 준
날도 이름의 깊이가 종일 온몸에 파고들었더랬죠. 살갗에
대고 나를 깨워 울게끔, 같은 이름이나 평소와 판연히 다
른 희(姬)였더랬죠."(「희(姬)」) 같은 이미지들에 깃든 잠재적
시간성과 그 사건의 계열들을 뒤따라보라.

　이들을 발화하고 있는 주체는 분명 일인칭 주인공 시점
의 "나"이다. 그러나 이들에 주름진 아이온의 시간적 매
듭들은 "나"를 넘어서 "주객을 전부 뒤집"어 놓을 뿐만 아
니라, "그"의 "체취와 두런거림"을 고스란히 간직하고 있는
모양새로 나타난다. 또한 "같은 이름이나 평소와 판연히
다른 희(姬)"라는 상이한 존재들과 사건들을 현현시킨다.
그것은 이미 일어났던(혹은 일어나지 않았던) 과거의 사건들
과 더불어 그 언젠가 일어날(혹은 일어나지 않을) 미래의 시
간들을 빠짐없이 싸안고 있을 뿐만 아니라, 그 모든 과거
와 미래라는 다른 시간들의 테두리에서 항상 공속하고 있

는 것이기 때문이다. 아니, 그것은 우리 모두에게 일어날 수 있는 그 모든 사건들의 바탕이기에, 언제 어디서든 다른 몸을 걸쳐 입고 실제 현실로 나타날 수 있는 것이기 때문이리라.

따라서 "그러고 보니 널 마지막 본 게 나로군. 경! 너인 난 누군가. 사랑도 몸이 다 되면 죽는 겐가."(「경」)라는 편린은 저 잠재성의 시간적 매듭들을 제 비망록의 은밀한 터전으로 삼을 수밖에 없었을 시인의 실존적 배경을 빠짐없이 휘감고 있는지도 모른다. 그것은 시인이 제 "사랑"의 고통과 절망의 화인들을 극복하기 위한 비책으로서, 이 세상을 살아가는 만인들의 "사랑"을 느끼고 체험해 보려는 위험천만한 시도를 감행하고 있다는 사실을 넌지시 일러주고 있기에. 또한 이와 같은 만인의 '사랑-되기', 불가에서 말하는 천수관세음(千手觀世音)의 손과 눈으로 체득된 "사랑"의 무수한 양태들을 추체험함으로써만, 시인은 저토록 깊게 그늘진 제 삶의 여정 전체를 지독하게 긍정할 수 있는 운명애를 거머쥘 수 있었을 것이 틀림없기에. 관세음보살이 제가 가진 두 손과 두 눈만으로는 모든 중생이 짊어진 삶의 애환들을 속속들이 들여다볼 수 없으니, 그 엄청난 과업을 감당할 수 있도록 '천수천안(千手千眼)'이 되게 해달라는 서원을 세워 천개의 손과 천 개의 눈을 가진 천수천안관자재보살(千手千眼觀自在菩薩)'로 거듭났다는 불가의 고사처럼.

## 운명애: 비루한 삶을 응시하는 신성성의 예지

사는 게

이렇게 멍한 얼굴로 나앉은 흐리멍텅한 색감

귀고리에 빛이 비쳐 얼굴은 드문드문 선 나무처럼 흔들거
린다

어둠 속에 있다 빛 속으로 나온 얼굴이 구겨졌다 뜸 들인
후 퍼지고

어지럼증처럼 잎사귀끼리 스치는 소리가 들린다


볼품없는 소극(笑劇)이 되어 가는 삶에서

투명한 물이 떨어지고 홀가분해진 얼굴은

거울로 윤이 난다

물이 데일 듯 뜨거운 공기다

억지스럽지 않게 내 생의 채색도 바뀌어 올 것이다

갸웃이 열린 하늘, 침묵, 거대한 틈, 사이로 언뜻 보이는
빛, 그림자…

한 끗 차이로 구름 행세를 했던 빗물이 다이빙한다

　　　　　　　　　　　　　　 ─「파랑을 건너다」 부분


「파랑을 건너다」의 뒷자락을 거머쥐고 있는 "볼품없는
소극(笑劇)이 되어 가는 삶에서/투명한 물이 떨어지고 홀
가분해진 얼굴은/거울로 윤이 난다"라는 구절에 스며든

처절한 희망의 원리로서의 운명애를 진득하게 느껴 보라. 여기 보이지 않는 음영으로 암시된 것처럼, 나날의 제 삶이 하찮고 비루한 것이 "되어 가"고 있음을 토로하면서도, 이를 인정하고 수용할 수 있게 된 제 실존의 품새를 시인은 "투명한 물이 떨어지고 홀가분해진 얼굴"이란 문양으로 소묘한다. 나아가 그러한 자기 자신을 사랑할 수 있게 된 마음결의 매무시를 "거울로 윤이 난다"라는 이미지로 그린다. 그렇다. 우리 문학사에서 "거울" 이미지가 항용 그래 왔던 것처럼, 그것은 엄청난 고통과 절망의 시간들을 모두 다 이겨 내고 새로운 삶의 희망을 찾아 나설 수 있게 된 내면성의 "빛", 시인의 내밀한 자존감과 자긍심의 광휘를 거느린다. 그리고 그것은 이제 사력을 다한 고투의 과정을 통해서가 아니라, 제 몸에 바짝 달라붙은 자연의 일부처럼 되어 가고 있음을 "억지스럽지 않게 내 생의 채색도 바뀌어 올 것이다"라는 신성성의 예지로 새긴다.

그러하기에, 맨 끄트머리에 매달린 "갸웃이 열린 하늘, 침묵, 거대한 틈, 사이로 언뜻 보이는 빛, 그림자…/한 끗 차이로 구름 행세를 했던 빗물이 다이빙한다"는 아름답다. 아름답다니! 그것은 제 운명에 드리워진 그 모든 상처와 고통과 절망마저도 사랑할 수 있게 된 자만이 내뿜을 수 있을 운명애를 현시하기 때문이다. 더 나아가, 앞으로 제 삶의 미래로 덮쳐올 수밖에 없을 그 모든 실패와 좌절과 환란마저도 절로 그러한 자연처럼, 넉넉하게 받아 안으리라는 소극적 수용력(negative capability)의 신성한 예지를 흩뿌려 놓고 있기 때문이리라. 그러니 그것은 결단코 아름다운 내면 풍경일 수밖에 없으리라. 이 글을 읽고 있는 당신이 저 내면 풍경이 어떤 간난신고를 겪어 내고서야 비로소 안과 밖이 모두 옹골차게 아름다운 무늬들을 얻게 될 수 있었는지를 추념할 수만 있다면, 당신은 이미 이 시집의 속살에 깃든 단단한 아름다움에 깊이 젖어든 자일 것이다. 아니, 당신은 미적인 것의 극단을 가로지르는 윤리적인 것을 보는 자일 뿐만 아니라, 윤리적인 것의 끝자락에선 반드시 미적인 것이 보이지 않는 혼과 영기(靈氣)로 솟아오를 수밖에 없으리라고 느끼는 시적 정의(poetic justice)의 옹호자일 것이 틀림없다.

그렇다. 우리 모두가 삶의 저 밑바닥 가득 고인 진창을 나뒹굴 때조차도, 시인이 나지막이 읊조리는 "거대한 틈, 사이로 언뜻 보이는 빛"은 그 어딘가에 존재할 수밖에 없으리라. 가령 "남자가 버릴 때 직장이 버릴 때 그 짧은 순간엔 어디서나 뽀얗게 먼지를 뒤집어쓴 햇빛이 두 눈 덮쳤네."(「오전의 버스」), "아 사랑의 예감. 어른이 되고부터 한 번도 마주한 적 없는, 진짜 이유. 관계를 저만치 이동시킨다. "찾던 게 있었는데, 다리가 달려 사라졌나 봐요." 내 흔들림을 붙잡고 있는 나."(「이유는 없다」), "지구는 돌고 나도 돈다/세포들도 몸속을 돌아 심장에 펌프질해 대고/어느덧 습습하고 찌든 기운까지 먹어 치운 몸에서/무슨 계시처럼 이미지가 살아 나온다"(「나를 지불하다」) 같은 문양들에 새겨진 어슴푸레한 "빛"을 보라. 이들에 스민 "햇빛"과 "예감"과 "계시"라는 희망과 구원의 비의(秘義)들은 한결같이 운명이라 일컬어지는 그 멀고 먼 길을 돌아, 시인이 제 몸에서 가까스로 피워낸 "사랑", 그 운명애를 희망의 원리로 휘감고 있기 때문이리라.

따라서 시인 김윤이는 제 시인 됨의 숙명을 "지상에 발 못 붙인 무상 거주자; 성씨 없이 출몰하는 유령 작가; 이 직을 밥 먹듯 하는 프리랜서"(「혼종」)라는 마조히즘의 메타포로 빗대어진 자학과 자존의 변증법, 곧 소수자적 실존이 펼쳐 낼 수밖에 없을 윤리적 저항 담론을 구축하는 자리에만 멈춰 있지 않을 것이 분명하다. "나직이 속삭여 보았다 나의 새야, 두려워 말고 어서어서 날아가/고개 숙여 앉았어도 훨 훨 훨/너 있을 숲으로 활개 치는 나의 두 팔/난 진즉 알고 있었던 거다/내 사랑이 힘내서 땅 짚고 써 나가야 하는 일"(「새 폴더」)이라는 고백체의 문양들로 펼쳐진 것처럼, 시인은 저 자신과 타인들, 그리고 세상 전체를 사랑할 수 있을 때에만 즐겁게 살아갈 수 있는 사람인 까닭에 그런 것인지도 모르겠다. 아니, 그녀는 저 자신의 "사랑"은 물론이거니와, 이 세상 만인들의 "사랑"이 치러 낼 수밖에 없을 고난과 좌절과 비극의 드라마조차도 수용하고 인정하고 사랑할 수 있는 자, 곧 운명애의 사제로 거듭날 수 있기를 간절히 소망하고 있기 때문이리라.

그리하여, 김윤이의 "사랑"은 이 시집의 뒷자락에 자리한 아래의 시편에서 솟구쳐 오르는 부활의 생동하는 불꽃인 빈센트 반 고흐의 "사이프러스 나무"처럼, 늘 그렇게 "자신을 훨씬 넘는 키높이 사랑"을 소망하고 있는지도 모른다. 이 누더기 같은 지상의 삶을 살아가는 우리 인간들에겐 불가능할지도 모를, 그럼에도 니체의 '초인(Übermensch)'에 버금갈 수도 있을 그런 "사이프러스식 사랑"을 (…)

밤에 말이야
사이프러스는 부부처럼 홀로 남겨진 시신을 살핀대
수십 세기 이녁을 저버리지 않는 사랑의 형상
못난 사랑은 세상 변해도 변경에서 자리 지키는 그런 거니까
후에, 훨씬 후에 자취 없이 말랐거니 싶어 눈 번쩍 떠도
퍽은 그렁그렁 고인 슬픔의 묘지

한시도 그 없이는 못 살지만
맘속으론 울고 눈이고 코고 입술로는 웃을련다
달궈진 나무못 박아 입관된 사랑을 티내진 않을련다
사이프러스식으로 그이 주변에만 서성이던 내 사랑에 관하여

190

언짢아는 말아줘 꽃 따 안고 누운 훗날에도 나는, 오직

그를 사랑함으로 사랑하겠네

사랑을 뒤좇다 땅끝까지 파 내려가고 또 파 내려가고 말

겠네

숲속에서 묻는다 그대도 여태

자신을 훨씬 넘는 키높이 사랑을 하느냐고

　　　　　　　　　　　　　　－「사이프러스식 사랑」 부분

시인수첩 시인선 028

**다시없을 말**

ⓒ 김윤이, 2019

초판 1쇄 발행  2019년 10월 18일
초판 2쇄 발행  2020년  3월 18일

지은이 | 김윤이
발행인 | 강봉자·김은경

펴낸곳 | (주)문학수첩
주  소 | 경기도 파주시 문발로 214-12(문발동 511-2) 출판문화단지
전  화 | 031-955-4445(대표번호), 4500(편집부)
팩  스 | 031-955-4455
등  록 | 1991년 11월 27일 제16-482호

홈페이지 | www.moonhak.co.kr
블로그 | blog.naver.com/moonhak91
이메일 | moonhak@moonhak.co.kr

ISBN 978-89-8392-756-9  03810

「이 도서의 국립중앙도서관 출판예정도서목록(CIP)은 서지정보유통지원시스템
홈페이지(http://seoji.nl.go.kr)와 국가자료공동목록시스템(http://www.nl.go.kr/
kolisnet)에서 이용하실 수 있습니다.(CIP제어번호: CIP2019032163)」

* 파본은 구매처에서 바꾸어 드립니다.